SHE IS IN LOVE WITH THE MOBI

霜月さんはモブが好き

八神鏡
イラスト Roha

2

メアリー・パーカー
Mary Parker

「リョウマはこの作品における一番のクズだろう？
もっと不幸にならないと……こう言えないじゃないか」

メアリーさんが物語に求めているもの。

「ざまぁみろ——ってね？」

それは、酷く歪んだ『読後感（カタルシス）』だった。

目次

霜月さんはモブが好き②

著：八神鏡
イラスト：Roha

GCN文庫

口絵・本文イラスト／Roha

プロローグ　落ちぶれたハーレム主人公様の独白

こんなはずじゃなかったのに。

「クソがっ」

無意識に悪態が漏れ出る。ここのところずっと気分が最悪だ。

早朝、朝日が昇って間もない時間帯にもかかわらず、俺は外を歩いていた。

最近あまり眠れない日々が続いている。

何もしないでいるとイライラするので、散歩でもして気分を紛らわそうとしたのだが、
それでもやっぱり脳裏にはあの時の情景が浮かんで、落ち着かなかった。

（しほ……なんで、俺じゃないんだ）

宿泊学習の時、舞台の上で幼なじみの霜月(しもつき)しほに告白して、振られた。

彼女が選んだのは、どこにでもいるような地味で冴えないただのクラスメイトだった。

あれからもう三カ月が経過しようとしている。

だというのに、あの時の光景が……中山(なかやま)の嘲笑が、今でも忘れられなかった。

「笑うんじゃねぇよ」

そんなことがあってはならない。

俺は、あいつ程度の人間に見下されるような存在じゃない。

顔も、成績も、運動神経も、何もかもが俺は中山より優れているはずだ。

俺と比べたら中山なんて何の特徴もない……ただの『モブキャラ』だ。

それなのに俺はあいつに対して劣等感を覚えてしまっている。

最近、ずっとそれに気分を害されていた。

どうやったら、中山の嘲笑を忘れることができるんだろう?

そんなことを考えている時だった。

「ワン!」

鳴き声が聞こえて反射的に顔を上げると、犬が見えた。

「待ってヨ～!」

「……は?」

そして今度は――目の前で、女性が車にひかれそうになっているのが見えた。

飼い主だろうか? 犬を追いかけて注意が散漫になっているらしい……迫ってくる車に
気付いていない。

このままだとひかれてしまう。

『どうせお前には助けられないだろうな』

視認すると同時に、頭の中で中山が俺を嘲笑(あざわら)った。

その時にはもう、飛び出していた。

「危ない!!」

タックルをするように女性を抱きしめて、そのまま反対の歩道側へ身を投げる。

「っ!!」

一瞬遅れて、車が俺と女性の後方を通り過ぎていった。反射的に動けたおかげで彼女を助けられたようだ。

「いってぇ……!」

飛びついたせいで地面に体を打ってしまい、肘、腕、背中、足、いたる箇所に痛みがはしるものの、全て軽い擦り傷程度。俺の体がクッションになって女性を守ることもできたし、これなら誰も文句を言えないだろう。

中山の嘲笑も頭の中から消えていた。

良かった……二度と出てくんな。イライラするからな。

「あ、あのっ……助けてくれて、アガリトー……アリガトーだっけ?」

と、ここでようやく助けた女性の声が聞こえてきた。

「デモ、おっぱい触ってるのは、ちょっと不満ダヨ？」

片言混じりの日本語と、金髪の髪の毛と、それから異常に柔らかい感触で、彼女が日本人ではないことに気付いた。

しほと同じ異国の少女である。まぁ、しほはハーフなだけで、日本人なのだが。

「悪いな。でも、助けてやったんだからこれくらい大目に見てくれ」

体を離して立ち上がると、彼女もつられるように立ち上がる。

「ソーリー♪　うちのワンちゃんがいきなり走り出しちゃって、ついついワタシも走り出したら、車にひかれそうになっちゃったみたいダネ！　ＨＡＨＡＨＡ！」

死にかけたにしては陽気である。

どんな顔で笑ってるのかと思い、顔を上げると……そこにいたのは、信じられない程の美女だった。

「──っ」

息が止まった。ハリウッドの映画に出てきてもおかしくないレベルの美女が目の前で笑っているのだ……思わず、腰が抜けそうだった。

もしかしたら、しほよりも美しいと表現してもいいくらいの、絶世の美女だ。

……ふと、思う。

たとえば、しほよりも綺麗でかわいい女を手に入れることができたら、俺が中山よりも上だと証明できるのではないだろうか？

もし、この女と付き合えたなら……中山に抱いているこの劣等感が、消えてくれるのではないだろうか？

そのことに気付くと、体から活力がみなぎってきた。

「あれ？　いきなりぼんやりして、どうかしたのカナ？」

「いや……なんでもねぇよ。とりあえず、無事で良かったな」

笑いかけながらも、彼女には見えないようにこぶしを握った。

『お前はいつも、自分のことしか考えないんだな』

脳裏に中山の声が響いたが、それは無視して中指を突き立ててやった。

見てろよ……俺がお前よりも格上であることを、ちゃんと証明してやる。

中山、勝ったなんて思うなよ。

俺は……竜崎龍馬はまだ、終わっていない――。

❄ 第一話 テコ入れヒロイン？

あっという間に夏休みが終わった。

二学期初日。俺、中山幸太郎は約一カ月半ぶりに校門を通り抜ける。

九月になったとはいえまだまだ暑さは健在。周囲を歩く生徒は、夏休み前とさほど変わらずワイシャツ姿がほとんどである。

だから、長袖を着用している彼女は服装だけでも結構目立つ。

その上、色素の薄い銀髪に、澄んだ空色の瞳という日本人離れした容姿を有しているので、自然と生徒たちの視線を集めてしまっていた。

ただ歩いているだけで見惚れてしまうような特別な少女。

そんな子が今、俺に向かって手をブンブンと振っている。

「おーい！　まってー！」

しかも、一緒に歩きたそうに近寄ってきた。

「お、おはよう……霜月さん」

夏休み明けで頭がぼんやりしていたのだろうか。

ついつい、昔のように彼女に呼びかけてしまった。

「ええ、おはよう。挨拶ができたのは偉いけれど、呼び方が間違っているわ」

そんな俺を見て、彼女はイタズラっぽく笑う。

「いつもみたいに、ちゃんとわたしを呼んで?」

何かを期待するような目が俺をまっすぐ見ている。

その想いに応えるように……今度はちゃんと、彼女を呼びかけた。

「おはよう――しほ」

そうすると、彼女は赤らんだほっぺたを隠すように押さえた。

「う、うん……未だに名前を呼び捨てされたらニヤけちゃうわ。おはよう、幸太郎くん」

宿泊学習の時、俺たちはお互いを名前で呼び合った。

それ以来、彼女は『霜月さん』と他人行儀に呼ばれることをイヤがるのだ。

おかげで、今ではすっかり呼び捨てになっている。

「朝から幸太郎くんと会えて良かったわ。今日は素敵な一日になりそうね?」

「うん。しほのおかげで、久しぶりの授業もがんばれそうかも」

「ええ、がんばって!　わたしは放課後のために仮眠をとろうかしら……昨日、新作のゲームが出たから、学校が終わったら急いで続きをやらないといけないの」

「いやいや、それはさすがに……またテスト前に泣くことになるよ？」

「泣いたらどうせ幸太郎くんが慰めてくれるから大丈夫よ」

隣を歩く彼女と歩幅を合わせる。

しほは教室につくまでの間、ずっとオシャベリを続けていた。

もう、一学期の初期みたいに無口で無表情な霜月さんはどこにもいない。

二学期の彼女は、笑顔が眩しいオシャベリな『しほ』だった――。

◆

教室に到着すると、すぐに朝のＳＨＲ（ショートホームルーム）が始まった。

「おはようございまーす。えっと、今日から二学期ですね……はぁ、夏休みも先生は結婚できませんでした～。合コンがんばったのに、何がダメなんでしょうね～。さて、それでは連絡事項なのですが、二学期は文化祭がありまして――」

夏休み明けということで伝達事項が多いのか、少し早口になっている鈴木（すずき）先生の話を聞きながらも、意識は別の方向に囚われていた。

（竜崎は……今日も大人しそうだな）

窓際最後列。いわゆる主人公席にはいつも通り竜崎龍馬が座っていた。今日もふてくされたように窓の外を眺めている。

宿泊学習以降、竜崎はずっとあんな調子で無気力だ。俺としてはその方が都合がいいので、これからも大人しくしてほしいものである。

（結月とキラリは、相変わらずだな）

サブヒロインの二人は前と変わらず、竜崎を心配そうにチラチラ見ていた。

最近、二人は竜崎とあまりうまくいっていないようで顔色が暗い。これも変化の一部ではあるだろう。

それから、一番に大きな変化と言えば。

（梓は、結局今日も来れなかったな……）

たぶん、まだ家で寝ている義理の妹は、二学期になっても学校に来ていない。

竜崎に振られて、彼女は目に見えて元気をなくした。一学期の後半から学校にも行かなくなって、家でふさぎ込んでしまっている。

元気を取り戻してほしいけれど……今は梓のことはそっと見守っていた。

またいつか、立ち上がる元気が戻った時に力になれればいいと思っている。

……振り返ってみると、一学期は大変だった。

本当に——色々なことが起きて、変わった。

入学式にはかつて仲の良かった義妹、女友達、幼なじみと疎遠になった。

彼女たちはハーレム主人公の竜崎龍馬を好きになり、サブヒロインとして学校生活を送るようになった。

一方、俺は『モブキャラ』として憂鬱な学園生活を送っていた。

そんな時に、霜月しほと出会った。竜崎のラブコメにおけるメインヒロインという立場でありながら、彼女は俺と友達になってくれた。

そして、竜崎のハーレムラブコメはメインヒロインを失ったことで崩壊した。

一方、『中山くん』と『霜月さん』は、『幸太郎くん』と『しほ』と呼び合う関係になれた。これからゆっくり、しほとの関係を進展させて……いつか、もっと深い関係になれることを願っていた。

もう竜崎のラブコメは終わっている。だから焦らなくていい。

そう思っていたけれど……どうやら俺は、勘違いをしていたようだ。

竜崎龍馬の物語はたしかに終わった。

しかしそれは『一時的』な終わりに過ぎなかったのだ。

「えっと、こんなところかな？　少し長くなりましたが連絡事項はこれで終わります。それで、うーん……そろそろ来るはずだけどな～」

鈴木先生が時計を確認した瞬間、いきなり教室の扉が開く。

「ハロー♪　メアリーさんの登場ダヨー！　アメリカから来たけど日本語は話せるから、みんな仲良くしてネ☆」

金髪碧眼の派手な女の子が教室に入ってきた。

同時に、教室の誰もがこう思ったはずだ。

かわいい――と。

しかもそれは普通の『かわいさ』ではない。

目を奪われるようなグラマラスな体も、人工的には生み出せないような透明感のある金髪も、雪のように真っ白な肌も、どれもが普通という枠を軽く飛び越えていた。

まるで――霜月しほのように。

彼女の見た目はまぎれもなく『特別』に分類されるタイプだった。

「そういうことなので、転校生ですよー。メアリーさんはアメリカから来たので、日本のことを教えてあげてくださいねー」

「ヨロシクオネガイシマース！　……って、あ！」

そして、そんな子がなんと――竜崎を見つけて目を輝かせたのだ。

「リョウマ!?　この学校だったなんて……運命ダヨ！」

「あれ？　メアリーさんは竜崎君とお知り合いですか？」

「イエース♪　朝、車にひかれそうなところを助けてもらったヨー！」

「……そ、壮絶な出会いをしたんですね～」

担任の鈴木先生が話しかけているが、しかしメアリーさんは竜崎だけを見つめていた。

「リョウマ、これからよろしくネ！」

物語の冒頭のようなワンシーンが、目の前で繰り広げられる。

嬉しそうに彼に駆け寄る金髪美女を見て……俺は、イヤな予感を覚えていた。

（もしかしてこれは――テコ入れか？）

物語をマンネリ化させないために、ヒロインを追加するという『テコ入れ』は、ありふれた手法だ。

つまりこれが示唆していたのは……竜崎龍馬のラブコメが、再び始まったということだった。

それはまるで、一巻が終わった作品の、二巻が始まるかのように――。

◆

メアリー・パーカー。

アメリカ生まれ、アメリカ育ちの留学生。日本の文化が好きなようで、幼いころからよく旅行で来ていたらしい。

性格は陽気そのもの。常に笑顔だし、テンションが高い。無邪気で人見知りしないところがクラスメイトにも好評で、転校して早々にたくさんの友人を作っていた。

彼女が転校してきてから一週間が経過していた。その間、ずっと彼女を観察していたので、色々と分かったことがある。

それは、メアリーさんがやっぱり普通ではない『特別性』と『キャラクター性』を持っている、ということだった。

まず、彼女は親が資産家で、かなりのお嬢様らしい。

「ＨＡＨＡＨＡ！　リョウマ、今度ワタシのおうちにくる？　広いから楽しいヨ！」

噂話によると、住んでいる家は信じられない程の豪邸みたいだ。

それから、運動能力もかなり高いようで。

「リョウマ、ワタシの走り速かったデショ？　アメリカではこれくらい速く走らないと銃弾から逃げられないからネ☆」

体育の時間、アメリカンジョークみたいなことを言いながら短距離走であっさりと陸上部の男子に勝利していた。

性差を凌駕する身体能力は『普通』じゃなかった。

加えて、勉強の方でも彼女はすごかった。

「リョウマ、国語で百点取れたヨー！　ワタシ、やっぱり天才カモ♪」

難しい古典の文法をいとも簡単に解いて小テストで満点を取っていた。

その他の教科でもテストがあれば満点だったので、不得意科目はないのかもしれない。

性格も、見た目も、生まれも、育ちも、運動も、勉強も、何もかもが完璧。

メアリーさんは、まるで『パーフェクト系ヒロイン』のようでもあった。

こんなの、明らかに普通じゃない。しほと同様に雲の上の存在だ。

しかし、一つだけしほとは違う特徴がメアリーさんにはある。

それは——明かに、メアリーさんが竜崎に『好意的』ということだ。

「リョウマ、今日も家に遊びに行っていいカナ?」

「ん? 別にいいけど、転校してからずっと来てるじゃねぇか。そんなに楽しいのか?」

「イエス♪ だって、物置みたいでキュートだからネ!」

「ははっ。そりゃあ、メアリーの家と比べたら、俺の家は小さいだろうけど」

「そこがいいんダヨ! 狭いから、こうやってくっついても仕方ないデショ☆」

「お、おい! 当たってるって……!」

休み時間のことである。

窓際で、メアリーさんと竜崎がラブコメのテンプレみたいなやり取りを交わしていた。

欧米人特有の距離感の近さで竜崎を攻略しようとするメアリーさん。スキンシップも自然と多くなっていて、機会があれば竜崎に抱き着いている。

一方、竜崎の方もそんなメアリーさんに気を良くしていた。

彼女が来るまではずっと暗かったのに、ここのところあいつの調子が戻っているように見える。復調の兆しは俺にとってあまり嬉しいものではない。

(また、変なことが起きなければいいけどな……)

頭の中で響いた声に、俺は強く頷くのだった——。

❄ 第二話　中山梓の後日談

竜崎(りゅうざき)とメアリーさんの動向が気になるとはいえ。

まだ彼らの物語は序盤の『日常パート』の段階だと思うので、大きな事件やイベントはしばらくおきそうにない。

だから、俺たちものんびりとした時間を過ごすことができていた。

土曜日。家に遊びに来たしほとリビングでおやつを食べていた時のこと。

「このプリンすごく美味しいわ！　なんていうか、ほら……甘い！」

「プリンはだいたい甘いよ？」

「幸太郎(こうたろう)くんも食べてみたら？　ほっぺたが落ちちゃうくらいだから」

「そんなに美味しいんだ」

「ええ！　わたしなんて、一個じゃ物足りなくて二個目も食べちゃったもの」

「二個？　それって……」

気付いた時には遅かった。空っぽの容器が二つ、テーブルの上に並んでいる。

一人一個ずつのつもりで買ってきたのに……彼女、甘い物が大好きだから、すごく怒るだろうなぁ。

ほら、こうなった。

「あー！　梓のプリンがなくなってる!?」

午後三時、おやつ時間になったので部屋から出てきた梓が、冷蔵庫の前で絶叫した。

「え？　それは大変だわ。犯人を捜さないと……！」

「犯人なんて考えなくても分かるよ！」

「ええ、わたしもなんとなく分かっているわ……幸太郎くん、いくらおなかがペコペコだったとはいえ、あずにゃんのおやつを食べるのは良くないと思うの」

そう言いながら、空の容器を一つ俺の方に寄せるしほ。

さりげなくやっているつもりだろうけど、梓の位置からは丸見えだったようで。

「ウソつき！　おにーちゃんが梓のおやつを食べるわけないよ？　絶対に霜月さんが食べたに決まってるもん！」

犯人はバレバレだった。

「ぐすっ、せっかくの新商品だったのに……！」

よほど楽しみにしていたのだろうか。

泣きそうな顔で梓が落ち込んでいたので、さすがのしほも罪悪感を覚えたようだ。

「あずにゃん、ごめんね？　実は、一個食べたら美味しすぎて、気付いたら二個食べちゃってたの」

でも、その罪の告白はちょっと酷だと思う。

「ば、ばかー！」

とうとう耐え切れなくなった梓が、冷蔵庫の前でひざをついて頭を抱えた。

しほはそんな彼女の隣に歩み寄って、その頭をポンポンと撫でている。

「よしよし、あずにゃん？　いい子だから落ち着いて。ただプリンを食べられちゃっただけだから、そんなに泣かないで」

「犯人のくせに慰めないで！　あと、あずにゃんって呼ばないで！」

「イヤよ？　わたしにとってあなたはあずにゃん。あなたにとってわたしはおねーちゃん。分かった？」

「分からないよ!?　梓にとって霜月さんはただのクラスメイトでしかないもんっ」

「ツンデレさんなところも好きよ？」

「ツンデレって言わないで!!」

背中をさするしほの手を振り払い、梓が一生懸命に反論する。

だけど、しほは反論を無視して、ひたすら梓をかわいがっていた。

そんな二人をリビングから眺めていると、ついつい笑ってしまった。

宿泊学習以降、梓はしばらくはふさぎ込んで暗かった。

でも、彼女を明るくしてくれたのがしほだったのだ。

夏休みの間、彼女は毎日のように家に遊びに来ていた。梓も引きこもりがちだったので、自然と二人は顔を合わせることが多くなり……おかげでしほは梓に人見知りしなくなって、とても懐いたのである。

「霜月さんはもうちょっと遠慮というものを覚えた方がいいと思うよっ。ここはおにーちゃんのおうちでもあるけど、梓のおうちでもあるんだよ？　だから、もっと家主を敬って！　梓にもっと気を遣って！」

梓も最初は心を閉ざしていたけれど、しほがあまりにしつこいので我慢できなくなったらしく、いつの間にかこうやって言い争えるくらい遠慮がなくなっていたのだ。

兄として、それからしほの友人として……二人が仲良くなったことは嬉しかった。

「だいたい、おにーちゃんがちゃんと面倒見ないからダメなんだよ!?」

おっと、怒りの矛先がこっちに向いた。

このままだと梓の機嫌が直りそうにないので。

「梓、俺のプリンが余ってるから、これを食べていいよ」

とりあえず怒りの元凶を解消してあげることにした。

手元にあるプリンを差し出すと、梓はすぐさま駆けつけてくる。

「いいの!?　やったー！　えへへ〜」

ニコニコと笑いながらプリンを受け取る梓。一瞬で機嫌が良くなった。

これにて一件落着——と思いきや。

「ずるいわ！　あずにゃんったら、妹であることを利用して幸太郎くんに甘えるなんて……！　幸太郎くんが甘やかしていい女の子はわたしだけなんだからねっ」

今度はこっちがご立腹だった。

しほは結構、心が狭い。

俺たちが兄妹だと理解している上でやきもちを妬いているようだ。

「べ、別に甘えてないよ？　梓はいつも通りだからっ」

「いつもいつも甘やかしてもらえるってこと？　……ず、ずるいわ！」

「ずるいって何!?　おにーちゃん、この人やっぱりおかしいよっ」

「ほら！　そうやって何かあったらすぐに幸太郎くんに頼ろうとするじゃない！」

「こ、これは……その……」

「禁止！　妹だからってわたしの幸太郎くんに甘えるのはダメ！」

「めんどくさっ！　おにーちゃん、この人とってもめんどくさいよ!?　ちょっとヤンデレの気配もあるし、あんまりこの人と仲良くなったらダメな気がする!!」

ごめん、梓。もう遅い。

たぶんしほと君は長い付き合いになると思うから……うん。

俺からは『がんばれ』としか言えないかもしれない――。

◆

そうして、時間はあっという間に過ぎていった。

「あー、楽しかった！　じゃあ、ママが迎えに来ているみたいだから、バイバイ！」

「うん、また明日。いくら新作のゲームが楽しいからって夜更かしはダメだぞ？」

「わかってる。夜中の三時にはちゃんと終わるから安心して」

ダメだ、まったく安心できない……しほの母親のがんばりに期待しよう。

午後七時。玄関で帰宅するしほを見送る。

「あずにゃんも、バイバイ」

「もう二度と来なくてもいいんだよっ」

「照れててかわいいわ」

「照れてないもん！」

俺の後ろに隠れている梓は、しほをずっと威嚇していた。

なんだかんだ見送ってはいるので、梓もしほのことを嫌ってはいないのだろうけど。

「じゃあね！」

最後にもう一度手を振って、しほが家から出ていく。

彼女がいなくなったことをしっかり確認して、背後の梓がようやくと言わんばかりに息をついた。

「ふぅ……なんか、疲れた」

梓はふらふらとした足取りでソファに歩み寄り、そのまま倒れ込む。

「お疲れ様」

「おにーちゃん、のど渇いた」

「はいはい、ちょっと待ってて……」

労いの意味もこめて冷蔵庫から缶ジュースを取り出して、彼女に手渡してあげる。

梓はそれを受け取ってから、ふと何かに気付いたように目を大きくした。

「あ、もしかして……こういうことが『甘えてる』って、言うのかなぁ？」
どうやらしほに言われたことを思い出したらしい。
その指摘は、梓にとって自覚のないものだったようだ。
ジュースを取ってもらうのも。
おやつを譲ってもらうのも。
お願いを聞き入れてくれることも。
落ち込んだら慰めてくれることも。
梓にとっては、もしかしたら当たり前の日常だったのかもしれない。
「そっか……おにーちゃんは、ずっと梓の『おにーちゃん』でいてくれたんだよね」
どこか遠くを眺めながら、彼女はポツリと呟く。
それから、缶ジュースをテーブルに置いて、今度は俺をまっすぐ見つめた。

「ごめんなさい」

唐突に梓は頭を下げる。
その言葉には、後悔の色がにじみ出ていた。

「おにーちゃんのこと、『おにーちゃんじゃないかもしれない』って言って……ごめんなさい」

――少し前のことである。

入学式に竜崎と出会った梓は俺にこう言った。

『おにーちゃんは、理想のおにーちゃんじゃないのかなぁ。梓の探していた本物のおにーちゃんは……龍馬(りょうま)おにーちゃんかもしれない』

かつて、梓は実の兄を事故で亡くしている。

そのことを受け入れられずに『おにーちゃん』を探し続けた彼女は、実兄とそっくりな竜崎を見つけて浮かれていた。

あいつこそが『理想のおにーちゃん』であると信じて、慕うようになった。

そして、俺のことは『理想じゃない』と思うようになったのか、すっかり会話も減って疎遠になっていた。

そのことを謝っているのだとしたら……それは少し、間違っているような気がする。

「梓……別に謝る必要なんてないんだぞ？　俺は、梓にとっての『理想のおにーちゃん』じゃないんだ。君の探しているおにーちゃんは――もうどこにもいない」

それなのに、いなくなってしまった実兄を探し続けていたからこそ、梓には様々な歪みが生まれてしまったのだと思う。

もし、彼女にその自覚がないのだとしたら。

またどこかで間違ってしまうかもしれない――と、不安になったけれど。

「……うん、そうだね。おにーちゃんは、『おにーちゃん』じゃない。もちろん、龍馬おにーちゃん――じゃなくて、龍馬くん？も、違う。梓の理想のおにーちゃんは、もうどこにもいないんだよね」

梓は、ちゃんと成長していた。

寂しそうに、しかし彼女は俯かずに前を向いて、現実と向き合っている。

「でもね、違うの。梓はね、許してほしいとか、そういう意味で謝ってないよ……ただ、おにーちゃんの気持ちを裏切ったことを、謝らせて？　許さなくていいの。これは、けじめだから……」

――ああ、なるほど。

心配していたけれど、梓はもう色々と考えに整理がついたみたいだ。

「酷いこと言って、ごめんなさい。迷惑をかけて……心配させて、ごめんなさい」

許してほしいわけじゃなくて。

悪いことをしたから、謝っているだけ。

「あと、こんな酷い妹の『おにーちゃん』でいてくれて、ありがとう」

もう一度、深々と頭を下げる梓。

真摯な態度に胸を打たれた。彼女の人間的な成長を目の当たりにして、感動した。

今の梓になら、きっと俺の想いも届くだろう。

そう思って、ちゃんと伝えたかった気持ちを言葉にした。

「……迷惑なんて、いっぱいかけてくれ。心配くらい、たくさんさせてくれ。家族なんだから……それくらいのことで、怒ったりしないよ」

俺が梓の『おにーちゃん』であることに、感謝なんて不要だ。

そんなこと当たり前なんだから。

それよりも……ちゃんと梓には、考えてほしいことがある。

「でも、これだけは言わせてくれ。梓は、ちゃんと自分の『幸せ』がどこにあるのか考えないとダメだぞ？　『おにーちゃん』に縛られずに、君が本当に望むものを、しっかりと手に入れられるように……がんばれ」

このまま竜崎を好きなまま想いを貫くのか。

あるいは別の男の子を好きになって違う恋をするのか。

それは梓の選択次第だから俺には口が出せないけれど。

「前にも言っただろ？　おにーちゃんは、ずっと見守ってるよ」

何があっても俺は君の味方だ。

そう伝えたら、梓は不意に瞳を潤ませた。

「…………っ」

しかし、泣くまいと目をこすって、気丈に俺を見る。

かつて……竜崎に振られた時のように、泣き崩れることはしない。

強くなった梓は、もう大丈夫だ。

「おにーちゃん……梓ね、髪の毛切るっ。ハサミ、どこだっけ？」

そして彼女は――ツインテールに結んでいた髪ヒモをほどいた。

幼いころからずっと同じ髪型だったけど、それも今日までみたいである。

「えいっ」

バッサリと、長い髪の毛を切り落とす。

その瞬間――梓の止まっていた時間が、動き出したような気がした。

ツインテールだったころの梓はまるで小学生のように幼かった。

あどけない顔立ちは今も同じだけど、しかし雰囲気が変わった気がしたのである。

「よーし、これでもう大丈夫っ」

自分で切ったせいでバランスは悪い。

でも、梓はやけにサッパリした顔つきをしていた。

色々なしがらみを振り切ることができたみたいに。

「梓ね、明日からちゃんと学校に行くよっ」

引きこもる時間も終わりを迎えたようだ。

だとしたら、兄として応援しないわけにはいかないだろう。

でも、その前に。

「……じゃあ、もうちょっと髪の毛、調整した方がいいぞ？　なんか、座敷童みたいだし」

パッツンに切りそろえられた前髪と後ろ髪が、童女を連想させた。

「じゃあ、おにーちゃんがなんとかしてっ？」

そう言って、今度は俺に責任を丸投げしようとしてくる。

けじめはつけても、家の中で甘えるのはやめないみたいだ。

「……やってみるけど、あんまり期待するなよ？」

そんな梓を俺はちゃんと受け入れた。

何をされても、どんな酷い扱いを受けても、『家族』という縁は簡単に切れない。

俺と梓は、何があっても兄妹である。

だから彼女は、これからもずっと……こうやって、何かあれば頼ってくるのだろう。

俺も、なんだかんだ彼女を甘やかしてしまうはずだ。

だって、それが兄妹ってものだから――。

◆

翌日、梓は珍しく俺と一緒に登校した。

一緒に家を出て、バスに乗る。もちろん席は隣同士だ。

「おにーちゃん、どうしよう……なんか緊張するっ。梓、変じゃないかなぁ？　髪の毛、おかしくない？」

「……こけしみたいだけど、まぁなんとかなるよ」

結局、座敷童というイメージは払拭できなかった。

「うぅ……おにーちゃんのへたくそっ」

「だから美容室に行った方がいいって言ったのに」

「だ、だって、外出するのめんどくさかったし……」

そうやって雑談することしばらく。

バスから降りると、梓はスッと俺から離れて行った。

「……よし。おにーちゃん、一緒に登校してくれてありがとっ。おかげで勇気が出たよ！　じゃあ、梓は先に行ってるね？」

彼女は手を振って走り出す。

俺に頼らずに、自分の足で進んでいる。それはつまり『学校での問題は自分でなんとかする』という意思表示にも見えた。

だから、竜崎の件に関しては手を出さないでいいのだろう。

そんなことを考えながら、梓の数メートルほど後ろを歩く。

そして、教室に入ると――その時にはもう、梓は竜崎に話しかけられていた。

「梓っ!?　やっと学校に来たんだな……連絡しても返事してくれないから、心配してたんだぞ？　それにしても、急に髪型も変わってるし……何かあったのか？」

登校して早速、彼女は正念場を迎えていた。窓際の席で竜崎たちと会話をしている。

「ひ、久しぶりだね。体調が悪くて休んでただけだから、もう大丈夫だよ……」

梓は少し緊張しているようだけど、なんとか言葉を返せていた。

（がんばれ）

心の中でエールを送っておく。俺も自分の席にカバンを置いてから、さりげなく窓際に近寄っておいた。

教室後方の壁に貼られている掲示物を読むふりをしながら、梓の視界に入るように位置を調整する。すると、梓が一瞬だけどこちらを見た。

その後からだった。

目に見えて梓の緊張がなくなったのは、俺がここにいると梓が気付いてからだった。

「ふぅ……えっと、心配かけてごめんなさい。もう元気いっぱいだから！」

ニッコリと笑顔を作る梓。笑う余裕ができたのであれば、もう大丈夫だろう。

「あずちゃん、おかえり～！　アタシ、待ってたんだからね？」

「梓さん、元気になったとはいえ無理したらダメですよ？　病み上がりなんですから」

キラリと結月（ゆづき）も、梓の復帰を喜んでいるように見える。

「でも、無理しないとダメかもよ～？　あずちゃんがいない間に、アタシとゆづちゃんは一歩リードしちゃってるからね？」

ん？　いや、違うな。

結月の方は純粋に梓の回復を喜んでいるように見えるけど。

キラリの方は、ライバルが復帰して安堵しているように感じた。

「あずちゃんがいない間にアタシが勝っても、後味悪いからね～。いやー、良かった良かった……これでまた、正々堂々とりゅーくんを奪い合えるじゃん？」

キラリはまだ――梓が竜崎に恋しているままだと、思っているようだ。

「ん？　俺のことなんか言ったか？　声が小さくてよく聞こえないんだが」

「りゅーくんには関係ないから！　今は女の子の話をしてるからあっち行ってて？」

「ひ、ひでぇ！　せっかく久しぶりに梓と話ができると思ったのによ……まぁ、いいけどさ。終わったら教えろよ？」

相変わらず、主人公特有の難聴スキルを発揮する竜崎。

いやいやいや。お前よりも遠い位置にいる俺が聞こえているんだぞ？

少し耳を傾ければ聞こえてくるはずなのに……彼女たちの会話はまったく気にしていない、ということだろうか？

自分に好意的な女の子たちを理解しようとしない鈍感さは、ある意味では芸術的ですらあった。まだまだ、竜崎の歪な主人公性は健在である。

「あ、でも……そういえばあずちゃんはりゅーくんに告白したんだっけ？　だったら、これくらいの休みなんか大したことないのかな？　気持ちを伝えたぶん、アタシたちよりはリードしてるのか。だったら、巻き返せるようにがんばろっかな～」

「え、えっと……」

キラリの言葉に、梓はなんて言うのだろう？

再びハーレムメンバーとして、キラリたちと竜崎を奪い合う関係に戻るのか。

あるいは、別の道を歩むのか。

いずれの選択をするのか兄として知りたいので、静かに耳を傾ける。

そして梓は『答え』を出した。

「——梓のことはもう、気にしないで？」

てへへ、と力のない笑みを浮かべる梓。

その言葉を耳にして、キラリの笑顔が消えた。

「え？　それって、どういうこと？」

「ごめんね。正々堂々、戦おうって約束してたけど……梓はもう、いいや」

その言葉が示しているのは『竜崎のことはもう諦めた』ということで。

「ちょっ、それって……本当にいいの!?　今まで、あんなにがんばってきたのに……一度失敗したくらいで諦めるなんてもったいないじゃん！」

ずっと戦ってきた恋敵だからこそ、サブヒロインたちにも絆はある。

キラリはなんだか悲しそうだった。

その感情的な声は、梓と違って教室に大きく響いている。

「おい、どうした!?　梓は病み上がりなんだから、あんまり強く当たるなよっ」

まるで喧嘩しているようにも聞こえる言葉に、竜崎がすぐさま仲裁しようと口を挟む。

しかしそれでもキラリは収まらないようだ。

「うるさい！　りゅーくんは黙っててっ」

大好きな竜崎を怒鳴るほどに、キラリは梓のことを悲しんでいる。

「あずちゃん……もう一回聞くけど、本当にいいわけ？」

「うん。これで、いいの……キラリちゃん、がんばってね？　もう、一緒の気持ちにはなれないけれど、応援してるから」

だけど、梓の答えは変わらなかった。

「――っ！」

健気なエールに、キラリは不意に泣きそうな顔になる。

しかし、それも一瞬のこと。

「……そう。じゃあ、もう何も言わない。応援してくれてありがとう、あずちゃん……アタシは、がんばるよ。あんたみたいには、ならないから」

突き放すように、キラリが冷たい声を発した。

これくらいの声量であれば――さすがの主人公様にも届いてしまったようで。

「キラリ！　いいかげんにしろよ……梓に何言ってんだ？」

聞こえていないのだから事情はよく分かっていないのだろう。

しかし、梓が辛そうにしていて、キラリが怒っている――その構図だけで、キラリが悪いと決めつけたのか、あいつはこんなことを言っていた。

「梓に冷たくするなよ。俺の妹みたいな存在なんだから、大切に扱ってくれ」

……キラリと違って、こっちはなまぬるい言葉である。

こいつはまだ、梓が自分を好きなままだと思っているのだろうか。

宿泊学習の時、俺としほが『他人のことをもっと思いやれ』と言ったのに、竜崎は何も学習していないようだ。

聞きたいことだけを聞いて、聞きたくないことは無視をする。

鈍感で難聴というスキルは随分と便利なものだった。竜崎にとってのみ、だけど。

（まずいな……空気が悪い）

場が冷えている。クラスメイトも、何事だと言わんばかりに竜崎たちを見ていた。

梓も、竜崎とキラリの間に漂う険悪な空気を感じ取っているのか、辛そうだった。

どうする？　これ以上梓が傷つくことだけはさけたいのに。

話に割り込むべきだろうか――と、悩んでいる最中のこと。

「ふぎゅっ!?」

バタン！という音が鳴る。

やけにかわいらしい悲鳴が響くと同時に……クラス中の視線が、梓たちではなく、彼女へと向けられた。

教室の入口。おでこを押さえながら涙目になっている白銀の少女は、周囲の視線にまだ気付いていない。

「い、痛い……酷いわ。せっかく遅刻しないように走って学校に来たっていうのに、転ぶなんてありえない。こうなるんだったら学校なんて休めば良かった」

ぶつぶつと独り言をつぶやきながら、彼女が体を起こす。教室が静まり返っていることも別に気になっていないようで、普通に歩いていた。

「あ、幸太郎くんだ。おーい」

目が合うと、彼女はニッコリ笑って俺に手を振った。

一学期の時よりは人見知りも多少緩和しているのか……あるいは、俺がいると分かっているから、安心しているのか。

いずれにしても、人の視線を気にしなくなったしほは笑顔が増えた気がする。

そして、彼女が笑うと教室の雰囲気が自然と良くなるから、不思議だった。

「……ちっ」

しほを見て、竜崎が舌打ちを零す。

宿泊学習以降、あいつはしほに対してどう接していいか分からないらしく、いつもこんな感じで居心地悪そうにしていた。

おかげで竜崎の意識が梓とキラリから外れた。

クラスメイトの気もそれたので、危うい雰囲気がいつの間にか霧散していた。

「じゃあ、そういうことだから」

キラリは最後にそう言って、梓から視線をそらす。

もう振り返ることはない。そんなキラリを、梓は寂しそうに見送っていた。

「…………」

無言で息をついて、それから梓はこっちを見る。

労いの意味を込めて小さく笑いかけてあげると、梓もようやく微笑んでくれた。

『梓、がんばったよ』

なんとなくそう言っているように感じた。うん、よくがんばったよ。

今日は帰る時に、彼女が好きな甘いお菓子をたくさんコンビニで買ってあげよう。

ついでに、しほの分も買ってあげないといけないか。

偶然だろうけど、彼女が梓を守ってくれた。もし、しほの登場がなければ、竜崎とキラリの言い争いが続いて、梓も悲しんでいたはずだから。

やっぱり、しほはすごい。登場するだけで周囲の空気を一変させるほどの存在感は、手に入れようとして手に入るものではない。

竜崎の『主人公性』が健在なように。

しほの『ヒロイン性』も消えていなかった――。

◆

かくして、中山（なかやま）梓が竜崎龍馬のハーレムを脱退した。

それはつまり『サブヒロインの恋（ラブコメ）が一つ終わりを迎えた』ということである。

現実に物語なんて要らない。

苦しいことが起きるより、楽しくて穏やかな方がいい。

（このまま、竜崎のラブコメに巻き込まれなければいいけど）

そう願っていたけれど、しかしラブコメの神様は非情だった。

放課後、バスから降りた時のこと。

そのまま帰宅しようとしたら、対向車線から黒塗りのリムジンがやってきた。

ありふれた住宅街に、テレビでしか見たことないような高級な車はとても場違いな気がしてならない。

びっくりして眺めていたら——窓が開いて、彼女が登場したのである。

「ハロー♪　こんな人気のない道端で奇遇ダネ！」

「メアリー……さん？」

金髪碧眼の美女が、窓から手を振っていたのだ。

「ＨＡＨＡＨＡ！　コウタロウ、突然話しかけてごめんヨ？」

名を、呼ばれる。

まさか認知されているとは思っていなくて、意表を突かれた。

「い、いや、えっと」

動揺を隠せずに返答をもたついてしまう。

学校でも一度も話をしたことがないのに、地味で目立たない俺を知っているなんて、普通はありえないのに……なんでだ？

そうやって戸惑う俺を見て、メアリーさんは『苦笑』していた。

いつもの快活な笑顔ではなく、まるでこちらをバカにするみたいな表情である。

「にひひっ……おいおい、話しかけたくらいでそんなにびっくりしないでくれないかな？　おかしいなぁ、普通の男子ならワタシが話しかけるとすぐに鼻の下を伸ばしてバカっぽい顔になるのに……キミはむしろイヤそうにしているね。それがなんだか警戒されているみたいで、こっちとしてはあまり気分が良くないねぇ」

——流暢な日本語が発せられる。

今、目の前にいるのは、ユニークな片言が特徴的な底抜けに明るい金髪美女じゃない。

ただただ見た目が綺麗なだけの、得体のしれない『何か』だった。

そんな彼女を目の当たりにして、背筋がゾクっとした。

（やっぱり……見逃してくれないよな）

巻き込まれると、直感した。

新たに登場したヒロインが、俺を認知していて、しかも裏の顔を見せてきたのだ。

「ちょっといいかい？　話をしようよ……リョウマとシホについての話を、ね？」

ほら、またしても竜崎……それに、しほもか。

本当は無関係でありたかったけど、どうやらそうもいかないみたいだ——。

❄

第三話　ざまぁ系ラブコメ

リムジンに乗ったのは初めてだった。

Ｌ字型の座席とテーブルに加えて、冷蔵庫やテレビなどが置かれており、この空間を車内と表現するにはあまりにも豪華すぎた。

車の揺れもほとんどない。最早走っているかどうか分からないくらいに静かで……それが逆に落ち着かなかった。

「突然すまないね。話しかけるならこのくらいのタイミングがいいのかな?と思ったんだよ。本当は入学した初日には話しかけたいくらいだったけどね?」

隣に座るメアリーさんが、わざわざ身を寄せて話しかけてくる。

あまり他の女の子と近づきすぎたらあの子が嫉妬してしまうので、だいたい二人分くらいの感覚を空けてから返答した。

「タイミングって、どういう意味だ?」

「そんなの、物語が動き出すタイミングに決まってるだろ?」

『物語』

そのワードを耳にして、心臓が大きく跳ねた。

心の中ではよくそのことについて考えているけど、これは俺の『思考のクセ』みたいなもので、誰かに言ったことは一度もない。

だって、現実を『物語』としてとらえている人間なんて、客観的に見ておかしいからだ。

「も、物語って……意味が分かんないな」

「とぼけないでくれよ。コウタロウは『見える側』の人間だろう？　そうでないとつじつまが合わない。モブキャラの分際で主人公に立ち向かうなんて……そんなふざけた所業、この世界を『俯瞰の目』で見渡せる側の人間でなければ、できるわけがない」

知らないふりをしてはぐらかそうと試みたけど、彼女には通用しなかった。

「今、日常パートは終わりを迎えた。新ヒロインの紹介も、主人公との出会いも、サブヒロインの不穏を匂わせる伏線も、序盤に語られた。だからそろそろ次に進むタイミングだ……キミにならなら、ワタシの言っている意味が分かるはずだよ？」

まるで俺の思考みたいなセリフが紡がれる。

「安心してくれ。ワタシはキミの同種だからね。物語の登場人物であることに自覚すらない愚かなキャラクターたちとは一緒にしないでほしいな」

……どうする？

できることなら無関係のままでいたいけれど、きっとそれを彼女は許さないだろう。

だとしたら、とりあえず話を合わせておいて……まずは彼女の意図を探ることを優先してもいいのかもしれない。そう考えたので、ひとまず頷くことにした。

「……まさか俺と似ている人間がいるとは思わなかった。現実に物語を重ねるなんて、そんなのおかしいんだぞ？　ましてや、口に出すなんて……どうかしてる」

「にひひっ。そのセリフは、ワタシのことを同種だと認めたということでいいのかな？」

そして、メアリーさんが笑った。

しかしそれは、竜崎の前では決して見せることのないような、不敵な笑みだった。

「ふぅ、良かった。やっとコウタロウに物語の感想を伝えることができるよ……ずっと言いたくてウズウズしていたんだ」

「物語って……」

「もちろん、宿泊学習のことだよ。正確に言うなら、高校の入学式から宿泊学習までの間に起きた物語のことだね。まぁまぁ面白かったよ？　特にリョウマがシホに振られるシーンなんてとても胸が熱くなったねぇ。まぁ、元から厚いんだけど」

そう言って、メアリーさんは自分の胸を寄せた。自分で言った冗談なのに面白いのか口元がニヤけている。

　しかし俺は笑えなかった……それどころじゃなかったのである。

「なんで、メアリーさんが宿泊学習のことを知っている？」

　彼女がいなかったはずの時間。

　二学期に転校してきたのにどうして俺たちの過去を把握しているのか。

「別に特別なことは何もしてないさ。普通に『調べた』だけだよ？」

「調べただけで、俺たちの『物語』が分かるわけがない」

「それは『普通に考えたら』の話だろう？　ワタシを平凡なキャラクターたちと一緒にしないでくれるかな？」

　メアリーさんの目が俺をまっすぐ見ている。

　碧色の瞳の奥には妖しい光が輝いていて、すごく不気味だ。

　ああ、彼女は普通じゃない――と感覚的に分かるような不穏さを醸し出していた。

「人間、誰にでもバックボーンがある。成り立ちがある。それに伴った人生があって、形成された人格があって、構築された人間関係がある。それらの『背景』と『設定』を知ることで、行動に対する『因果』が分かる。そういったバラバラの情報をつなげて、整理して、行動の履歴を羅列すると……ほら、『物語』が浮かび上がってくるだろう？」

再びメアリーさんが語り出した。

「ワタシは転校するにあたって、クラスメイトたちのことを調べた。幸いにして、ワタシの父は資産家だからね。腕のある探偵を雇うことで君たちの情報は何だって知ることができる。そうして得た情報をまとめてみた結果——『メインヒロインがハーレム主人公ではなく、モブキャラを好きになる』という物語を知ることができたんだよ」

その話し方は、相手を見下していることが感じ取れるようで。

聞いていて、あまり心地良いものではなかった。

「さて、つじつま合わせはこれくらいでいいかな？　ツッコミどころが多いかもしれないし、矛盾もあるかもしれない。もし納得がいかないのであれば……そうだな。ワタシはパーフェクトヒロインにして『チートキャラ』だから何でも知っているんだよ」

……何はともあれ、メアリーさんは一学期の出来事を把握している。

理解できない部分もあるけど、そういうものだと割り切っておくことにしよう。

「別に期待なんてしていなかったけどね？　だって、この現実は『駄作』だ。価値の低いキャラクターが多すぎるし、人間関係は複雑で、登場人物の差別化も弱い。しかも事件やイベントが起こることも少ない上に、その内容もつまらないことばかり。誰もが平凡に生きて、平凡に死んでいくんだ……こんな現実は退屈だと、コウタロウも思うだろう？」

……まぁ、そうだな。

しほと出会う前までは、俺も現実に期待していなかった。

「だからこそ――リョウマの存在を知った時は興奮したよ。キャラクター性の薄いモブキャラしかいないような世界に、彼のような生粋の『ハーレム主人公』が存在するなんて思っていなかった」

俺がしほのおかげで楽しめるようになったみたいに。

メアリーさんは、竜崎(りゅうざき)のおかげで現実の見方が変わったようだ。

「彼はすごいよ。何せ、車にひかれそうになっている女の子を助けるために、一切の躊躇なく道路にその身を投げられるような人間なんだよ？　リョウマは自分を強く信じているんだろうね。自分なら助けられる、死ぬはずがない、そう思い込んでいるわけだ」

……今更、竜崎の『主人公性』なんて説明されなくても分かっている。

他人のために命を懸けられる。それ自体は素晴らしいことだけれど……竜崎の場合は少し違うだろう。

その『歪み』を、メアリーさんもちゃんと気付いているようで。

「でも、問題は救出した後……リョウマが『助けてやったんだから好かれて当たり前』と思っていることだ。無意識かもしれないけど、彼は見返りを求めている。ワタシが好意的に接することを当然のように受け入れているのは、好かれて当然と思っているからだろうね。自信があるのは悪いことじゃない……ただ、リョウマの場合は過剰なんだよ」

　彼女の分析は俺と似ている……いや、俺以上に竜崎のことをよく見ていた。

「自分を信じるあまり、自分しか信じていない。他者を思いやる心がない……いや、持つ必要がないほどに、自分を肯定している。だからこそ、自分を持っていない女の子が引き寄せられてしまうわけだ。リョウマの色に染まることで、自分の存在意義を確立しようとするんだろう」

　そう言われて真っ先に思い浮かんだのは、浅倉キラリだった。

　竜崎と出会って、見た目や性格を捻じ曲げた彼女は……まさしく、メアリーさんの言葉通りの行動をしていたのだから。

「主人公のおかげで、何の変哲もなかったキャラクターが色を持つ。妹キャラになったアズサ、ギャルキャラになったキラリ、世話焼きキャラになったユヅキ……あとは、リョウマに愛されたおかげで誰よりも特別扱いされるようになったシホ。ほら、主人公がいることで、ヒロインが生まれた。そして、次に誕生したのが……リョウマによる『ハーレムラブコメ』だった」

　確かにその通りだった。

竜崎のおかげで、ヒロインという枠ができて……彼女たちとの恋物語が始まったのだ。

「まぁ、キミという異分子のせいでリョウマのラブコメはちょっと壊れたけれどね？　それも含めて楽しめたし、キミたちの物語を知った時は興奮したよ。この退屈な世界にも救いはあったのかと思って、ワクワクした」

「……そんなに面白かったのか？」

「いや、面白かったけど物足りない点も多かったよ。たとえば、序盤のコウタロウが卑屈すぎる時はちょっとイライラしたからね。良い点もあるけど、その分悪い点もあった」

メアリーさんの視点は『読者』という側にない。

彼女が語っていたのは『感想』ではなく『総評』だった。

「細かい問題点をあげたらキリがないけれど、一番不満だったのは――リョウマに罰が足りないこと、だ」

「竜崎に、罰？」

「ああ。だって彼は、この作品における一番のクズだろう？　リョウマのせいで不幸になったヒロインがたくさんいる。それなのに、彼が受けた罰は『幼なじみに振られた』だけ。もっと不幸にならないと……こう言えないじゃないか」

メアリーさんが物語に求めているもの。

「ざまぁみろ――ってね？」

それは、酷く歪んだ『読後感（カタルシス）』だった。

「恵まれた人間が、落ちぶれていくような……自分が見下していた人間に踏みつぶされるような、そういう物語が好きなんだよ。大枠としては復讐系だね。『ざまぁみろ』って言いたくなるような爽快感が宿泊学習の物語には足りなかったんだ」

彼女は止まらない。熱く、それでいて感じとったことを、情感たっぷりに物語る。

「ワタシはね、それがすごくもったいないと思うんだ。どうして苦しむべきキャラであるリョウマが今も当たり前のように登校している？　どうして傷ついたはずのサブヒロインの方が引きこもった？　どうしてハーレムメンバーはリョウマを嫌いにならない？　どうしてクラスメイトはシホを泣かせたリョウマに対する認識を変えない？　全てがリョウマに対して都合のいい世界が形成されてしまっている。罪に対して罰が少ない。だから面白さが半減してしまっている」

メアリーさんは荒々しく不満の言葉を吐き出していた。明らかに冷静じゃない。

「っ……」

憎悪にも近い感情の宿る言葉に、息がつまって俺は何も言えなかった。

しかし、彼女が取り乱したのは一瞬のこと。

「——と、ちょっと前までのワタシなら、そういう物語に対して不満を思うだけで何もしなかっただろうね。だって物語は虚構だから手の出しようがないだろう？　だけど、キミたちの物語は違う……『現実』だから」

「現実、だから？」

「つまり、手を出せる」

ようやく、だ。やっと……メアリーさんの『やりたいこと』が見えてきた。

「コウタロウ。ワタシはね……キミたちの物語を作り直したいんだ」

彼女は、俺たちの物語に干渉しようとしている。

「『読者』でいるのはもう飽きた。これからは『クリエイター』として、最高の物語である『ざまぁ系ラブコメ』を作ることにしたんだよ」

テコ入れの『キャラクター』として、物語に変化を与えるのではなく。

メアリー・パーカーは『クリエイター』として、物語を作ろうとしていたのだ。

「バカバカしいことを言っていると思うかい？」

「……そうだな。ちょっと、俺にはうまく考えられないけど」

「キミが思考を放棄するのも理解できるよ。ワタシたちには物語が『見える』だけで『作れる』手段はないと言いたいんだろう？　まぁ、普通の『キャラクター』ならそうかもしれないね。でも……」

そう言って、メアリーさんがにじり寄ってくる。先程と同じように距離を離そうとしたけれど……腰が壁にぶつかって、もう逃げ場所がないことに気付いた。

すると、メアリーさんは俺に覆いかぶさるように、壁に手をつく。

吐息が触れるほどの距離で、彼女は囁くようにつぶやいた。

「でも、ワタシとキミを『同じ』だと思うのはやめてくれよ。同種ではあるけれど、同一視されるのは心外だね。メアリーは『コウタロウ』じゃないんだ」

その瞬間、背筋に悪寒がはしった。

本当は彼女を押しのけたいのに、得体の知れない恐怖を覚えて体が強張っていた。

そんな俺を、メアリーさんは嘲笑する。

「だってキミは『モブキャラ』だろう？」

まるで、改めて立場を分からせようとするように。

メアリーさんが、俺のことを語り始めた。

「十六歳、八月十五日生まれ。身長一七〇センチ。体重六一キログラム。これといって特徴のない見た目。人に語れるような趣味はなく、誇れる特技も持っていない。強いて珍しい点をあげるなら、本をとにかく読んでいること。しかし別に本が好きというわけではなく、ただただ幼いころから習慣的に読書をしていただけ」

先程の言葉通り、メアリーさんは俺のことも調べ上げているようだ。

「幼少期、キミは教育の厳しい母親の期待に応えられずに失望されてしまった。母親に再び振り向いてほしくて、言いつけられていた読書だけはずっと継続したものの、結局母親の信頼を取り戻すことはできなかった。挙句に自信を失い、自分の意思を持てなくなった結果……完成したのは、物語への理解が深いだけの『モブキャラ』だ」

彼女を警戒した俺の判断はやっぱり正しかったのだろう。

まだ出していない情報を……いや、正確に言うなら俺が語りたくない幼少期までも把握しているメアリーさんは、とても気味が悪かった。

「ワタシはキミとはまるで違う。パーフェクトヒロインにしてチートキャラ。やれないことなど何もない……物語だって、作れるに決まっているだろう？」

そんなことできるわけがない――と断言するには、あまりにもメアリーさんが異様で。

不敵な笑みを浮かべる彼女は、もしかして本当に『クリエイター』なのではないか？と疑ってしまうほどの全能感があった。

「さて、本題に入ろうか」

そうして、ようやく長い長い前置きが終わった。

「今まで傾聴してくれてありがとう。おかげで早めに『メアリー・パーカー』というキャラクターの不気味さを演出することができた。そして、今度はキミが気になっていたことを答えてあげよう」

俺が気になっていること。

それは「どうしてメアリーさんは俺に正体を打ち明けたんだ？　俺に何をさせたいんだ？　彼女は具体的に何をするつもりなんだ？　そのことを、知りたかった」

心の中のセリフが耳から聞こえてきた。

信じられないことに……メアリーさんが先回りしていたのである。

「――キミの地の文は、そんなところかな。どうかな、当たってるだろう？」

「分かっているなら、教えてくれ」

「にひひっ。そんなにイライラしないでくれよ……別に難しいことじゃないし、危険なことでも、ましてやイヤなことをしてほしいというわけじゃない。ただ、『協力』してほしいだけだから」

てっきり、もっと大変なことを要求されるかと思っていた。

「コウタロウと敵対するつもりなんてないんだよ。ワタシは最高の『ざまぁ系ラブコメ』を完成させたいだけなんだ。そのために、キミにはむしろ幸せになってほしいと思っているくらいだからね」

……冷静に考えてみると、確かにメアリーさんは俺に敵意がない。

もし彼女が俺を不幸にしたいのであれば、本性を打ち明けない方が色々と都合が良かったのは間違いないはず。

「別に複雑に考えることなんてないよ。ワタシが作ったプロット的に、どうしてもキミの協力が不可欠なだけだ。物語を作る力はないけれど、見ることができるキミだからこそ……ワタシにとって都合がいい」

「プロット……？」

「物語の設計図のことだね。大丈夫、ワタシの頭の中ではもう『ざまぁ系ラブコメ』は完成している。新たな物語では、キミは誰よりも『幸せ』にならなければならない」

それから彼女は、シナリオの内容を教えてくれた。

「物語の流れは前回とだいたい同じかな？　複数の女の子に好意を持たれている状態のハーレム主人公が、とある日にメインヒロインを愛する決意をする。その過程でサブヒロインを振ったりすることもあるだろう。その思いさえも利用して、覚醒したハーレム主人公が満を持してメインヒロインに告白する。でも、愛されたヒロインが好きになったのは、主人公ではなくただのモブキャラだった――って感じでね」

聞いた限りだと、前回と何も変わり映えのないストーリーだった。

それを指摘すると、メアリーさんは平然とした顔で頷いた。

「一緒だよ？　だって、その流れは悪くないからね……ワタシが作り直したいのは、その後なんだ。メインヒロインに振られた主人公は、サブヒロインにまで愛想をつかされて、孤独になる。逆にモブキャラはメインヒロインだけでなく、サブヒロインまで手に入れる。つまり――二人の立場を逆転させるんだよ」

彼女が望んでいるのは甘い恋物語（ラブコメ）ではない。

それはまさしく『復讐劇（ざまぁみろ）』と言えるような展開だった。

「自分が持っていたはずのものをすべて奪われて、ようやくハーレム主人公は気付くんだ。自分がヒロインたちにどれだけ酷いことをしていたか、どれだけ愛されていたか、どれだけ恵まれていたか……うん、いい！　それで、自分の行動に後悔しながら、余生を一人で寂しく生きるっ。そうやって打ちのめされた主人公を、ワタシは見たい！」

あるいはそれは、虚構の物語にしたら面白いのかもしれない。

しかし、現実でそれを行おうとしているところに『狂気』めいたものを感じた。

「配役はこうだ。ハーレム主人公はリョウマ、モブキャラはコウタロウ、振られてしまうサブヒロインの役は……ユヅキだとちょっと意志が弱すぎるから、キラリにしようか。ワタシの下位互換にしか見えないキャラだし、いい感じで傷ついてくれそうだからね」

梓（あずさ）の立ち位置には『キラリ』を。

それから、最も気になっている部分について話題が移った。

「メインヒロインはもちろん、このワタシが担当させていただこうか」

「しほの役割を、メアリーさんがやるのか？」

俺自身はどうなっても構わない。だから今までは何を言われようと聞き手として受け止めることができた。

しかし、しほのことになると話は別だ。彼女を巻き込もうとしているなら、全力でメアリーさんに抗おうと、そう決心していたけれど。

「うん、ワタシがやるよ。だからコウタロウ、そう怒らないでくれないかな？　大丈夫、シホには何もしない。シホはワタシが手を出すほどのキャラクターじゃないからねぇ」

……拍子抜けなほどに、彼女はしほに対して興味を抱いていなかった。

「キミはもしかしたら気付いているかもしれないけど……シホはかなりのポンコツだよ？　優れているのは見た目だけ。先天的に聴覚が鋭いという特徴を持っていて、他者の感情に敏感で、だからこそ気付かなくていい悪意を察してしまい、可哀想なことに臆病な人見知りになってしまった、ダメダメヒロインだ」

そんなことない――と、思わず反射的に否定しそうになる。

しかしそれを理性が押しとどめた。

俺みたいに、変に関心を持たれる方が厄介だと思ったのだ。

「そもそもだよ？　キミたちの物語がどうして不完全燃焼で終わったのか、その一番の原因がメインヒロイン……つまりシホのせいなんだ。彼女がもっとリョウマに悪意を持っていれば、ちゃんと彼はそのクズさに相応しい無残な末路を迎えたはずなのに。シホは良くも悪くも臆病で、優しすぎて、弱すぎる。キミだって分かっているだろう？　シホは、たまたまメインヒロインに選ばれてしまっただけの『普通の女の子』だ――って」

メアリーさんの認識は『ある意味では』確かに間違っていない。

もちろん、俺はしほのいいところをたくさん知っているけれど……とりあえず、メアリーさんがしほに敵意がないのであれば、それで良しとしておこう。

「ワタシはシホみたいなミスを犯さない。今度こそ完璧な物語にするために……しっかりと時間をかけて『メアリー』を作りあげたんだよ？」

それから彼女が語ったのは『メアリー・パーカー』というキャラクターについて。

「ＨＡＨＡＨＡ！　悩みってナニ？　食べられるの？　いつも笑ってた方が楽しいヨ！　みんなも楽しいことしようネ！　明るくて、無邪気で、天真爛漫で、誰とでも仲良くできるほど社交的！　だけど好きな人は一人だけ……リョウマだけを愛してるヨ！」

メアリーさんがいきなりキャラクターを豹変させる。

「――なんてバカみたいなことを学校で言い続けているのも疲れるけどね。まぁ、だけど……ヒロインとしては魅力的だろう？　信じられない程にハイスペックで、男性の劣情を具現化させたみたいな体つきなのに、性格は無邪気で隙が多い……こういうヒロインが、みんな好きだろう？」

「……演じていた、ということか」

「うん、そうだよ。シホの失敗を省みて、彼女とは真逆のヒロイン像を作ったんだ。我ながらいい演技をしているよ。リョウマはすっかり『メアリー』にデレデレだ……おかげで、彼のコントロールは容易くなった」

全ては、メアリーさんの考える最高の物語を作り上げるために。

彼女は自分というキャラを使いこなすことで、シナリオを進行するつもりみたいだ。

「主人公を掌握して、ヒロインを自分が演じ、サブヒロインは愚かな物語の奴隷という状態。唯一の懸念は、キミだけだった。ほんの僅かに、ではあるけれど……コウタロウだけは警戒しているんだ。前回、リョウマの物語を壊したように、ワタシの物語を壊されるのは御免だよ。だからこうして、キミをちゃんと味方に引き入れることにした」

計画を打ち明ける、というリスクを冒してでも。

俺という危険因子を排除するために、あえて自分の手元に置きたい——そういうことか。

「それから、キミを首輪でつなぐために……そうだな、『シホの平穏』を人質にとっておこうかな？　もしコウタロウがワタシの邪魔をするのなら、ワタシはキミではなくシホを不幸にする。それを心に刻んでおいてほしい」

これは協力の『要請』などではない。単なる『脅迫』で『命令』なのだ。

「たとえば、ワタシはお金持ちキャラだから……シホの父親の職を奪うことができるかもしれないね。ほら、シホの父親が働いている企業を買収すれば簡単だと思わないかい？　そんな風に、意図的にシホの両親を不幸にすれば、二人は離婚する可能性があるよね？　温かい家庭しか知らないシホは、そうなった時……はたして幸せでいられるかな？」

彼女は俺が最も大切にしているのが『しほ』だということを理解した上で、それを脅迫材料に使っているのだ。

「モブキャラに拒否権があるわけないってことか……分かったよ。メアリーさんの言うことは何でも聞くし、協力する」

諦めた感じでそう伝えると、メアリーさんは満足そうにニヤリと口角をあげた。

「にひひっ。もちろん、キミがワタシの『コマ』でいる限り、約束は守るよ。ワタシの邪魔をせずに、いつも通りにしてくれたら、シホに手を出さない」

最初から俺の意思なんて関係なかった。

結局彼女は、俺の抵抗や反論を許していないのだから。

（やっぱり──予想通りだ）

油断すると、苦笑しそうになる自分を抑える。

落ち着け。まだ彼女には舐められたままでいろ。

（そっちの方が裏切りやすいからな）

こんなことを思うと同時に、頭の奥がザワッとした。

なんだろう、これは？

……まぁいいや。とりあえず、しばらくは様子見といこうか──。

◆

──なんて、俺が心の中で考えていることを彼女は想定もしていないようで。

「コウタロウはやっぱり扱いやすいね。無駄口を叩かないでくれたおかげで、説明パートがスムーズに終わったよ」

逆に想定通りにうまくいっていると思っているのか、すごくご満悦だ。

「そろそろ帰してくれると嬉しいんだけど」

「ん？　そうなのかい？　ワタシはもっと話がしたいのに、残念だよ」

「期待に応えられなくて申し訳ない。放課後はしほが遊びに来るから、遅すぎると浮気を疑われるんだよ」

「コウタロウが浮気できるほどに魅力的だと思っているのは、シホだけだろうねぇ」

そう言いながら足を組み替えるメアリーさん。

動くたびに香水のような匂いが漂ってきて、あまり好きじゃなかった。

「にひひっ。そう焦らないでくれよ。大丈夫、もうキミの家に到着しているから」

「本当か？」

「ちょっとドライブというか、話が終わるまで近場をグルグル回っていただけだよ」

言葉の直後、不意に外からドアが開けられた。

突然日の光が入ってきて、思わず目を細めてしまう。もわっとした空気に顔をしかめながら周囲を確認すると、見慣れた住宅地の風景が広がっていた。

「足元にお気を付け下さい」

　乗る時もドアを開けてくれた男性が穏やかに笑って俺に頭を下げている。スーツを着ていて、とても上品なご老人だ。たぶん、メアリーさんの使用人なのだろう。運転も恐らくはこの人がしていたのかもしれない。

「爺や、お土産もちゃんと渡してあげてくれよ」

「かしこまりました……これをどうぞ」

　それから使用人の男性に渡されたのは、紙袋に入っている大量のお菓子だった。

　しかしながら、俺が普段見慣れているコンビニに並ぶようなお菓子ではなく……いかにも高級そうな包装紙にくるまれている、贈呈品のようなお菓子である。

「なんでくれるんだ？」

「『浮気じゃないんだ。梓の学校復帰記念にお菓子パーティーをやりたくてショッピングモールに行ってたんだよ。それで、たまたまキャンペーンでやってたくじが当たってお菓子の詰め合わせを貰えたから、みんなで食べよう』って言い訳するためだよ」

「……ご丁寧にどうも」

　本当に俺のことを調べ上げているのだろう。思考や行動が筒抜けだった。

「ありがたくもらっておくよ」

「そうしてくれ。ワタシの協力者でいてくれれば、悪いようにはしないさ……それじゃあ、また学校で会おうヨ！　コウタロウ、バイバーイ☆」

いきなりハイテンションバージョンのメアリーさんに手を振られたが、それが演技だと分かっていると、なんだか薄気味悪かった。

無言で車から降りて歩き出す。十歩ほど進んでから何気なく振り返ってみると、もうそこに黒塗りのリムジンはなかった。

いつの間に発進したのだろうか。早すぎるし、静かすぎるし、もう見えなくなっていたので、まるでさっきの出来事が白昼夢だったのかとさえ思ってしまう。

夢だったら良かったのになぁ……と、思いながら帰宅すると。

「あ、おかえりなさい幸太郎くん。遅かったわね、もしかして浮気？」

制服姿のしほが玄関で仁王立ちして俺を待ち構えていた。

予想通り浮気を疑われていて、思わず笑ってしまった。

「ははっ……いや、浮気じゃないよ。ちょっとショッピングモールに行ってたんだ」

「つまり、浮気デートしてたってこと？」

「違う、そうじゃない」

「おにーちゃんがそんなに軽薄なわけないじゃん。相変わらず愛が重いなぁ……って、あれ？　その紙袋って……大人気で高級なお店のやつっ！」

今度はリビングから梓がとことこ歩いてくる。目ざといというか、お菓子が大好きな梓には、俺が何を持っているか分かったらしい。

「ど、どうやって手に入れたの!?」

「ああ、これは……梓の学校復帰記念にお菓子を買おうとしてたら、キャンペーンのくじで当たったんだよ」

メアリーさんに言われた通りに言い訳を口にすると、梓は両手を上げて喜んだ。

「やったー！　えへへ～」

俺から紙袋を奪うように受け取った梓は、大事そうに抱えながらリビングへと消えていった。その足取りは機嫌が良さそうで、とても軽い。

（良かった……学校でのことは、引きずってなさそうだな）

ちょっと心配していたけど、しっかり彼女は強くなっているようだ。

さて、梓のことは大丈夫そうなので、ちゃんとしほと向き合わないと。

「幸太郎くん。もしかして、何かあった？」

やっぱり彼女は俺の些細な変化を見逃さない。

「でも、うーん……あんまり悩んでいる感じはしないいし、むしろ力強いというか……いつもより少し、かっこいい音が聞こえるけれど」

耳がぴくぴくと動いていて、まるで俺の感情を聞いているみたいだった。

しほにウソは通じない。聴覚に優れている彼女は、とても感受性が鋭いから。

でも、それが分かっている上で……俺はあえて首を横に振った。

「ううん、何もなかったよ」

——この件に関しては、問題ない。俺一人で何とかできる。

そんな意思を言葉に込めてみると、しほはやっぱり聞き取ってくれたようで。

「そうなのね……じゃあ、そういうことにしてあげる」

今度はニッコリと笑ってくれた。

「わたしはあなたを信じているわ」

——ドキッとした。

その笑顔と信頼の言葉に、胸が大きく高鳴った。

彼女の笑顔を守るためなら……俺は何でもできると、改めて思ったのだ。

しほ、今回は君を泣かせたりしない。

絶対に、今度こそ……物語にも、メアリーさんにも負けずに、しほを守ってみせる——。

第四話
サブヒロインの成れの果て

もし、ワタシの物語に読者がいるのだとしたら……こんな一文から始めるのもいいのかもしれないね。

「やぁみんな、メアリー・パーカーだよ！　一巻の巻末以来だね。ようやく名乗ることができて嬉しい限りだ」

……なんて、ね？

これだと少しメタが強すぎるかな？

やりすぎると物語への没入感が低くなるから、自重しないとダメだね。

さて、ようやく物語が動きだした。

ここからジワジワとリョウマを苦しめていきたいね。その過程でサブヒロインに挫折させて、コウタロウを好きになるように仕向ける。

そして最後に、メインヒロインとして躍動するワタシがリョウマの告白を断って、コウタロウが大好きだと宣言する。

きっと、その時のリョウマは一番素敵な表情を浮かべてくれるだろうなぁ。

それからワタシにこう言わせてくれるはずだ。

『ざまぁみろ』

——って、ね？

もし、ワタシの物語を読み取ってくれる人がいるのなら。

その読者が、思い上がった傲慢なキャラクターが落ちぶれていく姿を、楽しんでくれることを祈っておくとしよう——。

◆

メアリーさんの本性を知ってから一週間ほどが経過した。

その間、目立つようなイベントはまだ起きていない。何かをきっかけに物語が加速するのは怖いけれど、その時に備えて俺は彼女を注意深く観察していた。

（竜崎は、まんまとメアリーさんの思惑にハマってるな……）

彼女が作り上げた『メアリー』というヒロイン像は、その想定通り竜崎龍馬が気に入るようかなり緻密に作り込まれているようだ。

「グッモーニン、リョウマ！　おはようのハグしてあげるヨー！」

「ちょっ、おい……当たってるって」

「ＨＡＨＡＨＡ！　当ててるんダヨ？」

朝、彼女は登校するとすぐに竜崎とイチャイチャを始める。

「ま、まぁいいんだけどな」

露骨に胸を押し当てて竜崎をデレデレさせていた。

「ちょ、りゅーくん？　朝から変な顔になってるんだけど」

そんな二人のやり取りを見て、キラリが不満そうに声を上げる。隣には結月（ゆづき）がいるけど、彼女はちょっと困ったように笑うだけで、何も言ってはいなかった。

結月はいつも通りだけど……キラリの方はちょっと気になっている。

「鼻の下ばっかり伸ばしてないで、少しは静かにしたら？」

「べ、別に鼻の下なんて伸ばしてねぇよっ……キラリこそ、最近イライラしすぎだろ」

梓（あずさ）の一件以来、キラリと竜崎が少し険悪なのだ。

「ＯＨ！　キラリ、ごめんネ〜。ワタシのオッパイが大きいから悪いんダヨ！　このっ、無駄に大きくなって！　ほら、キラリも叩いて！」

そんな悪い雰囲気を変えたのは、やっぱり彼女だった。

「べ、別に、あんたが悪いわけじゃないけど……」

「ＨＡＨＡＨＡ！」

淀んだ空気ごと吹き飛ばすように、豪快に笑うメアリーさん。その様はまるで、サブヒロインと主人公のケンカを仲裁する『本命ヒロイン』のようでもあった。

今の彼女はヒロインとしてキラリと結月を圧倒していた。

そのせいか、竜崎もメアリーさんのことばかり気にかけているように見える。

「メアリーはいつも明るいな」

「ソウカナ？　ワタシは普通ダヨ！」

「そんなことないだろ。メアリーを見てると、俺は元気になるからな」

メアリーさんのおかげで最近のこいつは調子がいい。以前みたいな言動も増えてきていて、それがちょっと不安だった――。

◆

それからさらに時間が経って、二学期に入ってから約三週間が過ぎた。

九月下旬。残っていた暑さもなくなり、最近は日が沈むと肌寒くなってきた。

これから一気に季節は変わっていくだろう。ちょうどそのころに、俺たちの通う雪乃白(ゆきのしろ)高等学校では、とある行事が開催される。

「みなさーん。十一月にいよいよ文化祭が始まりますので、そろそろクラスの出し物を決めておいてくださいね～」

本日、午後の授業は丸々ＬＨＲ(ロングホームルーム)となっていた。

文化祭についての話し合いをするようである。

「節度を守るなら何をやってもいいので、好きに考えてくださいね～。じゃあ、後の進行は学級委員長にお任せしちゃおうかなぁ～？　仁王(におう)さん、後はお願いするよ～」

「……はい、分かりました」

鈴木先生の言葉で、学級委員長の仁王二子(にこ)さんが教壇に立つ。

眼鏡とおさげがトレードマークの委員長さんは、淡々と進行を始めた。

「それでは、何か案がある人は挙手をお願いします」

「はいはいはーい！」

そして、真っ先に手を上げたのはメアリーさんだった。

「メイド喫茶がいいと思うヨー！　ほら、複数のメイドさんでお客様を接待したら、きっと金払いが良くなるんじゃないカナ☆　その代わり、接待料金としてお水代を割り増しでもらうことにすれば、いっぱい稼げるネ！」

「却下です。それは最早メイド喫茶ではなくキャバクラです。節度は守ってください」

「ＯＨ……だったら休憩所とかどうカナ!? ワタシたちが添い寝とかマッサージをして癒やしてあげるといいカモ！ その代わりに高めの代金をもらってガッポリ稼ごうヨ！」

「ダメです。それはリフレクソロジーになりますからね。どうしてあなたはそっちの方向の発想しかないのですか」

呆れた様子で眼鏡の位置を直す仁王さん。

しっかり者なだけあって、メアリーさんの暴走を阻んでいるものの……しかし、話し合いの進行がうまく行っているかというと、そうでもないように感じた。

「他に何かありますか？」

「はいはいはいはーい！」

「……このクラスにはメアリーさんしかいないのですか？」

仁王さんの淡々とした一言が、静かな教室に響き渡る。

そうなのだ。この場でやる気があるのはメアリーさん一人だけで、その他のクラスメイトはあまり興味がなさそうなのである。

……いや、しほは興味津々で黒板を見ているのか？ そういえばあの子は、アニメとかの影響でこういう行事が好きなんだよな。だけど、人見知りの彼女がみんなの前で発言するのは難しいか。

「クラスの出し物なので、できれば皆さんもきちんと提案してほしいのですが」

仁王さんは淡々と注意をするものの、それだけで空気が変わることはなく。

「「「…………」」」

みんなが『誰か発言しろよ』とお互いに顔を見合わせる。それと同時に『文化祭なんてめんどくさい』というような空気もあって、それが余計に発言を邪魔していた。

そんな時である。

「ソウダヨ！　みんな、せっかくの文化祭なんだから楽しもうヨ！」

場にそぐわない、明るすぎる声が響く。

「ワタシ、文化祭は面白いイベントだって、アニメで見たヨ！」

勢いのある風が、停滞した空間を吹き抜けていくような、そんな爽快さを感じさせた。

「ニホンでの楽しい思い出……作りたいヨ」

それから、急にしおらしくそう呟いたメアリーさんの言葉が――空気を一変させた。

「ふむ……そうですよね。せっかく遠い場所から来てくれたんですから、メアリーさんに素敵な思い出を作ってあげたいです。皆さんも、そう思いませんか？」

そして、あまりやる気がなかったように見えるクラスメイトたちが、一気に顔を上げた。

みんな、メアリーさんの明るさと健気さに触発されたのだろう。

（……思ってもないことを、白々しい）

しかし彼女の裏を知っている俺だけは、メアリーさんの計算されつくした態度が不気味に思えて仕方なかった。

もしかしたら彼女は文化祭を物語の『イベント』にしようとしているのかもしれない。そのためにはクラスメイトの協力も必要だから、鼓舞するような言葉を選択したのだ。

さすがはパーフェクトヒロイン。役者としての才能も、人心掌握術も、全てを兼ね備えている。おかげでクラスメイトたちはすっかり前のめりだ。

「それでは、改めて……何か提案はありますか？」

仁王さんの質問に、今度はメアリーさんだけでなく、いくつもの手が上がった。士気が上がった一年二組の生徒たちは、一丸となって文化祭に臨もうとしていたのだ。

それから、色々と案が出た。

飲食店、映画、お化け屋敷、迷路、占い、などなど……出たアイディアは、多数決によってどんどんと選択肢を絞り込んでいった。

そうして最後に残ったのは、

「それでは、決まりですね。今回、一年二組は『演劇』をやることにします。皆さん、どうぞよろしくお願いします」

演劇、か……なんだろう。イヤな予感しかしない。

まぁ、地味な俺はどうせ裏方だと思うので、何でもいいのだけど。

「演劇はイイネ！　ワタシが目立てるカラ！」

ただ、メアリーさんが目を輝かせて喜んでいるのが、すごく引っかかった。

「ちなみに演目は何をしましょうか？　有名どころだと『ロミオとジュリエット』『人魚姫』『三匹の子豚』『あかずきんちゃん』などありますね」

……ん？

仁王さん、もしかして物語が好きなのだろうか。

語り口調が滑らかで、やけに饒舌だった。

「でも、特にオススメしたいのは『シンデレラ』ですね。これは世界で最も美しい物語だと思いますっ……あ、あくまで、個人的な感想ですが」

たぶん、言い終わった後で、早口になっている自分に気付いたのだろう。仁王さんは恥ずかしそうに顔を赤くしていた。

「すいません、少し興奮してしまいました。皆さんからの意見も聞かせてください」

その言葉を待っていたのだろうか。

すかさずメアリーさんが手を挙げて、こう言った。

「はい！　ワタシね、『美女と野獣』がやりたいヨ！」

「それはまた、ふむ……いいですね。フランス発祥の物語で、子供向けアニメの映画にもなっているので、皆さんもあらすじは分かるでしょう」

仁王さんも乗り気だ。クラスのみんなも前向きなリアクションを見せている
「これより多数決を取りたいと思います。いいと思った方に手を挙げてください」

そうして、演目を絞っていく。

最終的に多数決で選ばれたのは……やっぱり『美女と野獣』だった——。

◆

ひとまず文化祭の出し物が決定したとはいえ、まだ時間に余裕があった。

なので、決められる範囲で演劇の役割分担をすることに。

「まずは一番時間のかかる脚本の担当者を決めましょう。誰か、希望者はいますか？」

仁王さんの問いかけに、しかし手は誰も上がらない。

「誰もいませんか？　いないのであれば……私がやりましょうか？」

まさかの言葉に、クラスメイトの誰かが「おー」と感嘆の声を漏らす。

やっぱり仁王さんは物語が好きみたいだ。もちろん、メアリーさんみたいな歪んだ意味ではなく、純粋な意味で。

「た、大した脚本になるとは思いませんが、やれるだけのことはやってみます。一応、大学も文芸学部を志望しているので、いい実績にもなりそうですから」

冷静な口調だけど、顔が赤いので建前だというのがバレバレだった。

「では、メインヒロインとなる美女役と、あとは野獣役と……それから、美女に言い寄る狩人役まで決められるといいですね」

その言葉と同時に、メアリーさんが元気よく手を上げた。

待ってましたと言わんばかりの勢いである。

「はいはーい！　ワタシ、美女がやりたい！　だって、美女だからネ！」

その明るい発言にみんなは笑っていたけど、異論を唱える者はいなかった。

だって、それは本当だから。

「美女、ですか……他にやりたい人はいますか？」

でも、即決とはいかなかった。

仁王さんは意味ありげな視線をとある人物に向けている。

その先にいたのは——霜月しほだった。

仁王さんにつられるように、クラスの視線が彼女に集まる。

まぁ、みんなの言いたいことは分かる。

だって、クラスの美女と言えば、真っ先に名前が挙がるのは『霜月しほ』である。

しかし、宿泊学習の時に舞台でしほが泣いている姿を、みんなは見ていたはずだ。

だから、演劇の役者が無理なのは、理解しているだろう。

「うぐっ」

何せ、しほはみんなに見られると同時に、ビクッと体を揺らしてそっぽを向いたのだ。

俺が隣にいない時の彼女はだいたいあんな感じである。人見知りを完全に克服した、というわけではないのだ。

それを見て、仁王さんは申し訳なさそうにしほから目をそらした。

「こほん。誰もいないようなので、それではメアリーさんに美女役をお願いします」

取り繕うように咳払いをしてから、仁王さんは黒板にメアリーさんの名前を書く。

「ヨロシクー！　いやー、美女として生まれたからには、美女としてのセキニンをはたすでござる～！」

メアリーさんは、しほのせいで一瞬だけ揺らいだ空気を整えるように、明るい声を発する。つられるように教室からは再び笑い声が起きた。

さて、残すメインの配役はあと二つ。

野獣役とうぬぼれた狩人役なのだが、主人公ともいえるあいつがいるのだから、一つは決定したも同然だろう。

「あ、そうだ！　野獣役はリョウマがいいヨ！」

「そうですね。誰かやりたい人は……いないみたいですし、いいと思います」

メアリーさんの推薦もあったおかげか、否定の声は上がらなかった。

「俺がやるのか？」

「リョウマなら大丈夫ダヨ！　だってかっこいいからネ！」

「……野獣って別に顔なんて関係なくないか？」

とかなんとか言っているが、メアリーさんに褒められて満更でもないようだ。

残すは『狩人役』だけである。こっちは誰がやるんだろう？

役柄的に女子が選ばれるはずないし、男子の誰かだと思うけど……適した人物がいないような気がする。

見た目で言うなら、大柄で筋肉質の花岸（はなぎし）とか悪くないかもしれない。

――なんて、他人事に考えてすっかり油断していた。

「はいはーい！　ワタシ、推薦してもいいカナ!?」

不穏な手が上がる。

その手はもちろん、メアリーさんのものだった。

「狩人役には……コウタロウを推薦するヨ！」

……マジか。

まさかの発言に、クラスがどよめいた。

「コウタロウって……中山（なかやま）のことか？」

「え、さすがにそれは……」

「なんか、違くない？」

みんな困惑している……というか、俺の方が戸惑っていた。

（普通に考えて、無理だな）

残念ながら俺にメインの配役は似合っていない。

何せ、狩人役にするにはあまりにも『地味すぎる』とみんな思っているようだ。

「ははっ！　メアリー、冗談もほどほどにしろよっ」

しかも、メアリーさんの言葉を真に受けなかった竜崎の笑い声が響き渡ったことで、彼女の発言は『冗談』だとクラスメイトに認識されてしまう。

たぶん、メアリーさんのシナリオでは俺が狩人役をやることになっていたのだろう。

「冗談じゃないヨ！　コウタロウでも大丈夫ダヨ！」

どうにか本気で推薦しようとしていたが、もう誰もまともに聞いていなかった。

「おいおい、中山！　似合ってねぇよ、お前がやるなら俺がやろうか？」

ふと、前の席にいる花岸が笑いながら俺の方を振り向いた。

メアリーさんほどではないけど、根が明るいやつなのでこういう舞台には花岸の方が適している。みんなもきっとそう思うはずだ。

「ふむ、それでは多数決をとりましょうか。中山さんか、花岸さん、いいと思った方に手を挙げてみてください」

こうなってしまったら、もう花岸に決定したようなものだろう。

（意外と……メアリーさんの言うことだからって、聞き入れるわけじゃないんだな）

てっきり、全てが彼女の掌の上で転がっていると思っていた。

実際、途中まではメアリーさんの想定通りに動いていたと思う。

だけど、俺という駒の価値を見誤ったようだ。盤上に置くには、もっと盤面を整えてからの方が良かったのかもしれないな。

「…………」

メアリーさんは打つ手がないのだろう。笑顔のまま固まって、黒板を眺めている。

このままだと彼女のシナリオが破綻してしまう――と、そんな時だった。

「それでは、まずは中山さんがいいと思う人は挙手をお願いします」

仁王さんの問いかけと同時に、

「は、はいっ」

小さな声が響いた。

しかしその透明な声は、まるで風鈴の音色のように教室に響き渡って……クラスメイトたちの耳へと、ちゃんと届いた。

「…………え？」

誰かが困惑したような声を上げる。

それも無理はない。だって、今……たった一人だけ手を挙げているのは、あの霜月しほなのだから。

さっきは視線を集めただけでびくびくしていたというのに。

「こ、幸太郎くんが、いいと……思います」

しかも、手を挙げただけではなく、声まで発していた。

緊張しているのか、掲げた指先も、小さな声も、両方が震えていて……しかし、勇気を振り絞るかのようなその仕草が、クラスメイトの心を打った。

人見知りであるにもかかわらず、一生懸命にがんばっている健気な少女を見て、何も思わない人間などいないだろう。

その瞬間に、流れが変わった。

「「「――はい」」」

何名かがしほに追従するように挙手すると、それが連鎖を生んで、みんなが次々と手を挙げ始めたのだ。しまいには花岸まで手を挙げていた……いいやつだからなぁ。きっと、しほの努力を見て感動したのだと思う。

その結果――あっという間に賛同者が過半数を超えて、俺が狩人役になってしまったのである。

メアリーさんに変えられなかった流れを、しほが強引に作り上げた。

それが意味することは――つまり、しほが『ダメヒロイン』ではないということ。

メアリーさんの評価はやっぱり間違っている。

だって、霜月しほは、論理を越えていた。

彼女の意思は道理や常識を覆し、物語を変えるほどの力を持っている。

しほこそ本当の意味で『メインヒロイン』なのだ。

（……メアリーさんは運が良かったな）

偶然、今回はしほが鶴の一声を発したことで、シナリオ通りに進行できたけれど。

この先も同じようにしほが助けてくれるとは思わない。

（メアリーさんが本当に『クリエイター』なのか、あるいはただの『テコ入れヒロイン』なのか。裏切るのは、それをちゃんと見極めてからにしようか）

……ん？　最近、やけに頭がザワつく。

でも、小さな違和感だ。気にしないでもいいだろう――。

☆

緊張しすぎて死ぬかと思った。

「か、体の震えが止まらないわ……ちょっと無理しすぎたかしら？」

学校からの帰り道。

慣れないことをしたせいで疲れていたしほは、幸太郎を誘って散歩していた。

「ほら見て幸太郎くん。ぷるぷるぷる～」

緊張の余韻で未だに震える手を掲げる。幸太郎はそれを見て、小さく笑った。

「しほは人見知りなのに、よくあんな場面で手を挙げられたな」

「ひ、人見知りじゃないわ！　前世はうさぎさんだったからナワバリ意識が強いだけ……ほら、お耳がぴょこぴょこしてるでしょう？　これはうさぎさんだった名残なの！」

耳が動く、というどうでもいいような特技を披露してみせる。

「うさぎだったんだ。確かにしほは、うさぎっぽいかも」

そんなくだらないことでも幸太郎は笑ってくれるので、しほはそれが嬉しかった。

「……ごめんね、遠回りさせちゃって」

本来であれば、幸太郎はバスに乗車して帰宅した方が早い。一方、しほは歩いて帰ることができる距離に家があるので、一緒に帰宅してもいつもなら数分でお別れとなる。

だけど、今日はすぐに一人になるのが怖かった。

（い、今思い出しても緊張してくるっ……！）

みんなの前で手を挙げた時、クラスの視線がしほに集中した。その際、複数の感情が同時に流れ込んできて、それが騒音という形になり、しほを苦しめていたのである。

手の震えが止まらないのは、未だに音が残っているから。

幸太郎には申し訳ないが、それが落ち着くまでは一緒にいてほしいと、そう思って彼を誘ったのである。

「しほ……そんなになるまでがんばらなくても良かったんだぞ？」

「で、でも、幸太郎くんの晴れ舞台が見たかったもの。本当は野獣役がいいと思ったけど、そっちはなぜかすぐ竜崎くんに決定しちゃったわ。それだけがちょっと残念ね」

「狩人役でも、少し荷が重たいけど……」

ただ、幸太郎の反応はあまり良くない。

（もしかして、迷惑だったかしら……）

一瞬、そんな不安が頭をよぎる。

しかし、幸太郎はやっぱり、いつも通り『幸太郎』だった。

「いや、しほがせっかくがんばって推薦してくれたんだから、そんなこと言うのはダメかな。うん、ありがとう。しほの期待に応えられるように、俺なりに全力を尽くすよ」

先走るしほの感情を、彼は理解して受け止めてくれた。

他人の気持ちをしっかりと考えてくれる部分が、幸太郎の素敵なところだ。

（うぅ……違う意味で今度はドキドキしてきたっ）

穏やかな笑顔を見ていると逆に心がざわついてきた。

「も、もうっ。急にかっこいいこと言わないで……余計に緊張しちゃうじゃない」

赤くなっているであろう顔を隠すために、震えている掌を前に突き出す。

そして、次の瞬間——彼がいきなり手を握ってきた。

「え？　あの、んんっ？　幸太郎くん、あれ？　ど、どうかしたの？」

急な不意打ちに対応することなんてできなかった。

手をつかまれたことで、辛うじて蓋をしていた『好き』と言う感情が、一気に溢れ出す。

顔が熱くて、爆発しそうなほどだった。

そんな状況で、彼は微笑みながらこう言ってくれた。

「——ありがとう」

感謝の想いが、綴られる。

感情が爆発したのはしほだけではなかったらしい。

「こんなに震えるくらい、俺のためにがんばってくれてありがとう……本当は、無理をしてほしくないけど、しほがそう思ってくれているのは、素直に嬉しかった」

努力を、認めてくれる。

愛情を、受け入れてくれる。

その上で、喜んでくれた。

（手を、離したくない）

ずっとずっと、繋がっていたい。

彼の温もりを……音を、もっと感じていたい。

そんな衝動に駆られていた。

「……急にそんなことするなんて、ずるいわ。ドキドキして、もっと手が震えちゃっているもの」

だからずっと『そのままで握っていて？』と伝えたつもりだったのだが。

「そ、そうなのか？　だったら、えっと……」

しほの言葉を聞いて、幸太郎が慌てたように手を離そうとしていた。

（まったく……まだ、手を繋ぐことに気後れしているのかしら？）

彼はきっと『俺なんかが触れていいのか』とか思っているのかもしれない。

そういう卑屈な思考を、しほは許さない。

今度は逆にしほが握りしめて、しっかりと繋いだ。

「だから——責任をとって、震えが止まるまで握っててね？」

甘えるように、身を寄せながら。

そう言うと、幸太郎も顔を赤くした。

「しほも、ずるいぞ……こういうのは慣れてないから。こっちだって緊張してるのに」

「そんなのお互い様よ？　わたしだけ顔を赤くするなんて、不平等だもの。照れるなら、二人一緒の方がいいわ」

そう言って笑いかけると、幸太郎も笑ってくれた。

学校では仏頂面が多いのに、しほと二人きりの時だけ、幸太郎はいつも笑ってくれる。

それが心を許してくれているように思えて、しほは嬉しかった。

（いつか、緊張しないくらい自然に手を繋げたらいいなぁ）

少しずつ、二人の距離は近くなっている。

そのペースは相変わらず遅い。でも、着実に前へと進んでいた――。

◆

しほと手を繋いだ後のこと。

『なんだか胸がいっぱいだから、今日はおうちで休むわ』

ということで、彼女は珍しく俺の家に来ないようだ。

彼女を家に送ってから、俺も帰宅しようとしたけど……やっぱり、しほのせいで俺もそわそわしていたので、少し買い物に出かけることにした。

向かった先は、駅の近くにある大きめの書店である。

えっと、確かこのあたりに……あった。

絵本コーナーの一角に目的の本を見つけた。綺麗な女の子と、荒々しい野獣の描かれた絵本。タイトルは【美女と野獣】である。

狩人役になっているので、勉強のためにも購入することに。

レジで精算して、そのまま帰宅しようとして書店を出る。

その、直後のことだった。

「「………あ」」

バッタリと、見知った顔に遭遇した。

「珍しいね、こーくんじゃん」

気さくな態度に少し驚いた。

かつて友人だった彼女は、まるで以前と何も変わらない関係であるかのように、話しかけてきたのである。

「あ、うん……久しぶりだな、キラリ」

およそ、何カ月ぶりの会話なのだろう？

もしかしたら入学式以来の会話に、ぎこちなさを覚えていた。

そんな俺に、キラリはやっぱり笑っていた。

「はぁ？　毎日学校で会ってるでしょ。何それ、ボケてるわけ？　にゃははっ」

キラリは、染めた金髪と翡翠色のカラーコンタクトが似合っている、ギャルっぽい少女である。制服もゆるめに着崩していて、胸元が少し見えるのが気になった。

そんな彼女を見ていると、どうしても過去の姿を思い出してしまう。

中学生の時までは、黒髪だった。しかもお団子みたいに頭の上で結んでいて、眼鏡もかけていた。制服もきちんと着ている清楚な子だったのに……もうその面影はない。

だからどうしても、過去の『キラリ』と現在の『キラリ』が同じ人物だと思えなかった。

中学生の時、彼女はずっと一人だった。

学校でも、小説やライトノベルばかり読んでいて、誰とも話さなかったのである。

だけど、とある日……国語の授業で『パートナーのオススメする本を読む』という課題で、俺はたまたまキラリとパートナーになった。

それが、彼女と友人になったきっかけだった。

『これ、面白いよ？　あんたみたいな地味な少年が女の子にモテまくる作品だから』

『これも読んでみる？　またまた地味な少年が異世界に行って大活躍するお話だよ？』

『あれも読んでみてよ。地味な男の子と地味な女の子が、とにかくイチャイチャするラブコメだからっ』

別に彼女は、友人がほしかったわけではないと思う。

ただ、自分が好きな作品を語りたかっただけなのかもしれない。

当時から俺は主体性がなく、言われたことをやるだけの人間だったけど、それがまた彼女にとっては都合が良かったみたいだ。色々な作品を読まされて、学び、理解した。キラリの考察や感想に耳を傾け、相槌を打ち、時には議論を交わすこともあった。

おかげで俺は、物語の構造について詳しくなった。その影響か、現実世界もそういうイメージで捉えるようになってしまっている。

俺がこんな『地の文』みたいな思考になってしまったのは、キラリの影響が大きいのだ。

中学時代の彼女は、それくらい俺にとって『特別』な存在だった。

俺は、彼女の話し方が好きだった。

特徴はないけど、穏やかで静かな声はいつまでも聞いていられた。

俺は、彼女の髪形も好きだった。

黒い髪の毛をお団子みたいに結わえていて、遠くからでもシルエットだけで彼女だと分かるから、ありがたかった。

俺は、彼女の眼鏡も好きだった。

少しサイズが大きかったのか、すぐにメガネの位置がずれるので、彼女はよくメガネの位置を調整していた。その仕草がとても愛らしかったことを、よく覚えている。

俺は、彼女の性格も好きだった。

他人を介さなくても『自分』をしっかりと形成できていた彼女に、強く憧れていた。

だけど、高校の入学式に竜崎龍馬と出会って……彼女は、自らを殺した。

『こーくん、ごめんね？　あたし、好きになった人がいるの。彼に好かれるためなら、なんでもやるよ……今までのあたしを殺してでも、あたしはあの人の好きな『アタシ』になりたい』

竜崎の『外国っぽい感じが好き』という発言を真に受けて、綺麗な黒髪を金色に染めた。髪色に合わせて口調も変えて、性格も捻じ曲げて、ただただ竜崎が好ましく思うような女の子へと自分を変化させた。

そのせいで、俺が好きだった『浅倉キラリ』はいなくなってしまったのである。

（キラリは……本当にそれで、良かったのか？）

仮に、今のキラリを竜崎が好きになってくれたとしても。

それは本当に、キラリが愛されているということになるのだろうか。

自分を見失ったキラリを見ていると、なんだかとても悲しくなる。

「えっと……また明日な」

これ以上今の彼女を見ていられない。

すぐに帰ろうとしたけど、彼女が俺を呼び留めた。

「えー？　もうお別れ～？　中学からのお友達なのに、寂しいこと言わないでよっ」

しかも、彼女はなれなれしく肩を組んできた。

……驚いた。キラリの中で、俺はまだ『友人』というカテゴリーに入っているらしい。

だとしたら、一学期の時はあまりにも会話がなかった気がする。

でも、今はもう怒れるほどの熱量がキラリに対してない。

だからいつも通りの状態で、冷静に接することができた。

「そうだな。一応、中学からの付き合いか」

「懐かしいなぁ……中学時代は結構話してたんじゃない？　ほら、ラノベとか読んでさぁ～。今考えると、恥ずかしいことしてたなぁ」

「……別に、恥ずかしいことではないと思うけどな。もう読んでないのか？」

「当たり前じゃんっ。ギャルになったんだから、ラノベなんてありえなくない？　ってか、本もぜんぜん読まないし～？」

「じゃあなんで書店にいるんだ？」

そう問いかけると同時、キラリは不意に笑顔を消した。

「……なんで、だろうね」

自分でも、自分のことがよく分かっていないようだ。

そういう姿が……本当に見ていられないくらい痛々しかった。

「……あ、『美女と野獣』じゃん。そっか、そういえばこーくんって狩人役になってたっけ。だから勉強？　ふーん、偉いじゃん？」

露骨に話題を変えて話を続けようとするその態度も。

「別に普通だよ。そういうキラリは、何も買わないのか？　俺はこのまま帰るけど」

「ちょ、ちょっと待ってよ！　まだ、もうちょっとだけ……あ、そうだ！　本、何かオススメしてよ。昔はアタシがいっぱいオススメしてたじゃん？　何か買って読むから、前みたいにまた感想でも言い合わない？」

俺にすがりつくような、その言葉も。

全部が、気に入らない。

いや、認めたくない。

こんなキラリは、見たくない。

「――媚びるなよ」


思わず、口に出てしまった。

だって、悲しかった。

「俺なんかに……尻尾なんて振らないでくれ。情けない姿を、頼りない顔を、みっともない態度を、見せないでくれ」

かつて、あんなに凛としてかっこよかったキラリが。

今はもう、自分の足では立てない程に、弱々しくなっているから。

梓との言い争いの件で、キラリは竜崎との関係が少しこじれているのだろう。

「竜崎とうまくいっていないからって、今度は俺にすり寄るのか?」

本来であれば、放課後になるとキラリはいつも竜崎の家に遊びに行っていたはずなのに
……それすらもできずに、しかし家で一人きりということにも耐え切れず、外をうろついていたのかもしれない。

そんな時に俺を見つけて、過去を思い出して……俺なら寂しさを埋めてくれる――なんて思ったのだとしたら、本当に可哀想だった。

「キラリは、変わった。いや、変わってしまった。そんな君を、俺は……！」

俺は、すごく残念に思う。

その一言を伝えるには、キラリの顔があまりにも痛ましくて……さすがに言い切ることはできなかった。

「――っ」

だって、キラリがとても悲しそうだったから。

（言い返しては、くれないのか）

以前までの強かったキラリなら、きっと偉そうなことを言っている俺に、何かしら返してきていたはずなのに。

自分を変えてしまった結果、彼女は強さを失っていたのだ。

「……ごめん、言い過ぎた」

ただでさえ傷ついている彼女を、これ以上傷つけることなんてできなかった。

「う、ううん、大丈夫。べ、別に……気にしてない、からっ」

ああ、ダメだ。

「じゃあ、そろそろ帰るよ。ごめん」

最後にもう一度謝って、足早にその場を去る。

きっとキラリは、俺の背中を目で追いかけているのだろう。

そんな彼女を、直視なんてできなかった――。

――怒らせたいわけじゃなかった。

ただ、昔みたいに……少しだけ、仲良く雑談がしたかっただけなのに。

「はぁ……」

ため息をついて、キラリは書店の近くにあった休憩用のベンチに座った。

（こーくんにも、嫌われちゃってるのかな……？）

中学生の時の友人と会話したのは随分と久しぶりだった。

書店に足を運んで、偶然彼と再会した時は「もしかして運命!?」――と、期待したのに、声をかけても彼はずっと素っ気なかった。

目も合わせてくれず、挙句の果てには「媚びるなよ」と怒られてしまった。

「アタシが、変わった？　ううん、こーくんの方が変わったよ」

彼の言葉を思い出して、ゆっくりと首を横に振る。

（中学生の時は、もっと不愛想で、無口で、無感動で……何を考えているのか、よく分か

んなかったのに）

話しかけたら答えてくれるし、何かしたらリアクションしてくれるが、何もしなければ本当に何もしてくれない、まるでロボットみたいだった。

だけど、高校生になって……いや、正確に言うなら、とある女の子と仲良くするようになって、彼は変わった。

（霜月しほが、こーくんを変えたんだよね……）

宿泊学習の時、我が目を疑った。

一人の少女を守るために、必死になって龍馬に立ち向かう姿を見て、感動しなかったと言えばウソになるだろう。

（かっこよかった）

素直に、そう思った。

（……あんなにかっこよくなるなんて、思わなかった）

同時に、後悔も押し寄せた。

どんなにアピールしても、いつまで経っても自分に見向きもしない龍馬を好きになったことを……ほんの少しだけ、後悔してしまった。

（霜月しほは、すごいなぁ。りゅーくんに愛されているくせに、こーくんを選んだ。しか

も、こーくんを変えた……アタシでは、何も変わらなかったのに）

無意識に、自分を抱きしめる。

両手で、震えそうになる自分の体を押さえながら、彼女はぽつりと呟いた。

「アタシじゃ、ダメだったの？」

しほが良くて、キラリがダメなんて……そんなの、理不尽だと思った。

（別に一番じゃなくてもいいのに……代替品として見てくれてもいい。愛されるのなら、アタシはいくらでも自分を変えられる。それなのにどうして、振り向いてくれないの？）

——ただただ、愛されたい。

たったそれだけなのに……どうして誰もその思いを受け取ってくれないのか。

「アタシはどうすればいいの？『あたし』じゃダメなんでしょ……だったら『誰』になればいいの？」

その問いかけに答えてくれる人はいない。

彼女の悲痛な声は、誰にも届くことなく消えていく——。

第五話
優しい物語の終わらせ方

時間は進む。ゆっくりとだけど、一定のリズムを刻んで。

十月の初め。夏休みの名残も完全に抜けきって、衣替えも終わったこのころ……ようやく演劇の脚本が完成した。

「すいません、少し遅れてしまいました。想定では先週の段階で読み合わせなどを行いたかったのですが……読むのと書くのはかなり違いますね」

文化祭の準備時間として設けられたLHR（ロングホームルーム）で、脚本を担当していた仁王（におう）さんが演者を集めて脚本を配っていた。

「文化祭まであと一カ月。忙しいスケジュールになりそうです……演者の皆さんにはがんばっていただくことになりますが、よろしくお願いします」

「HAHAHA！　遅いけど大丈夫ダヨ！　よろしくお願いしマース！」

「メアリー、遅いなんて言ったらダメだぞ。作ってくれただけでありがたいだろ」

メアリーさんは相変わらず学校ではおどけていた。

竜崎（りゅうざき）はそんな彼女に影響を受けてなのか、最近は完全に元気を取り戻している。表情にも笑顔が増えていた。

「それでは、ストーリーを確認していただけますか？　あと、セリフやストーリーがおかしければ、遠慮なく言ってくださると助かります」

そう言われたので、ページをめくった。

◆

――とある日、隣国の王子様が悪い魔女に野獣に変えられた。『真実の愛』を見つけなければ、彼にかけられた魔法は解けないと言われてしまう。

それから十年が経過した。

一方、街で評判の美女は、ハンサムで人気者だが下品でうぬぼれ屋な狩人に求婚されていた。彼女は読書と空想が好きな大人しい少女だ。狩人のような強引で自己中心的な人間が苦手で求婚にもうんざりしている。

そんなある日、美女は森に迷い込んで野獣に捕まってしまった。野獣は『俺を愛せ』と強引に迫るが、彼女は毅然と拒絶する。

以来、美女は森の奥にある古城に軟禁されてしまう。当初は泣いてばかりだった美女だが、しかしそこは不思議な場所で、オシャベリな家具たちがいた。彼らは美女を慰めてくれて、美女も少しずつ元気になっていった。

ただ、野獣の求婚は続いていた。美女に断られようと、野獣は毎日のように『愛せ』と迫っていた。

脅迫に屈しない美女を見て、野獣は彼女の強い心に惹かれるようになっていく。美女も野獣の優しい本性を知り、愛するようになる。こうして二人は惹かれ合っていくが……ある日、美女を探していた狩人が城に乗り込んできた。

狩人と野獣は戦い、そして野獣が勝利した。しかし野獣は致命傷を負って危険な状態だった。

そんな時に、美女は野獣に愛を伝えた。いなくならないでと叫び、彼にキスをすると――なんと、野獣は元の王子様に戻った。

野獣だった青年はようやく真実の愛を見つけて、魔法が解けたのである。

そうして二人は、永遠に愛し合うのだった――。

◆

だいたいのあらすじは、よく知っている映画とほとんど一緒だった。

「早速ですが練習してみましょうか。私もできる限りお手伝いをがんばります」

仁王さんが号令をかけて、文化祭の準備がいよいよ本格的にスタートする。

セリフが多く、動きも必要で、演技もそれなりに見せられるくらいには磨かないといけない。そう考えると、一カ月という時間はなかなか短かった。

ただし、演技に関していえば、やってみると意外にできてしまった。

「中山さん、お上手ですね……なんだか意外です。あ、失礼しました。大人しいイメージが強かったので、人前でスラスラとセリフが言えるなんて、びっくりです」

一番不安を覚えていた分野だけど……思いのほか、簡単だとさえ思ったくらいに。

どうして俺は演技に苦手意識がないのだろう？

思い当たるとしたら、やっぱり幼少期のころから『誰かの求める人物になる』ことを意識して生きていたからだろうか。

梓と義理の兄妹になった時は、彼女が探していた『おにーちゃん』になろうとした。

キラリと仲が良かったころは、彼女が望む『なんでも話せる友人』になった。

幼なじみの結月とは、彼女が喜ぶように『なんでも頼る人間』になっていた。

その延長線上にあったのが、スイッチの切り替えである。

もちろん、しほに『スイッチを切り替えるのはやめて』と言われて以来、そういうことはしてないけれど。

違和感がない程度の演技であれば、特に意識せずともこなせるようだ。

「うわぁ、かわいいっ。これ手作り？　すごいねっ」

台本を読み込んでいると、ふとそんな会話が耳に入ってきた。

目を向けると、梓がニコニコと笑いながらクラスメイトの女子と話していた。

「手芸部ってお洋服も作るんだ!?　すごーいっ」

彼女は劇でオシャベリなティーポット役を任されており、衣装係にその着ぐるみをもらってはしゃいでいた。

最近は随分と明るくなって、クラスメイトとも仲良くなっていた。竜崎ハーレムにいたころは、ハーレムメンバーとしか話さなかったけど、いい兆候だと思う。

そうやって、演者も裏方も協力して文化祭に向けて各々が準備を進めていた。

文化祭まで残り二週間に迫って、若干の焦りを感じ始めた時のこと。

「しほ、また明日な？　アニメばっかり見てないで、宿題はちゃんとやるんだぞ？」

帰り道。近くのバス停まで一緒に歩いて、そこでお別れとなる。

彼女の家はそこまで遠くないので、暗くなる前には到着できるだろう。

そう思って、早めにサヨナラの挨拶をしたけれど。

「ぐぬぬぬぬぬっ」

しほが俺のベルトを掴んで引っ張ってきた。

「ぐぇっ」

おかげでお腹が圧迫されて、変な声を漏らしてしまう。

な、なんだ？　なんでそんなに、怒ってるんだ？

意味が分からなくて混乱していると、しほはようやくその理由を教えてくれた。

「ず、ずるいわ！　メアリーさんとばっかりオシャベリして……わたしにも、少しくらい構ってくれないの？　こんなに寂しがってるのに！　もう限界よ……わたし、怒っちゃったんだからね！」

——彼女は、嫉妬していた。

た、確かにメアリーさんとは演劇の練習で話すことも増えた。

でも、あくまで練習なのに……しほはメアリーさんにやきもちを妬いていた。

って、いやいや。それはおかしくないか？

「お、応援してくれたのに？　俺を狩人役にしたのは、しほなのに？」

だって、ゴリ押しで俺を配役したのは、彼女である。

でも、しほはどうやら何も考えていなかったようで。

「そ、想定もしていなかったわっ……ただただ、幸太郎くんのかっこいいところが見れると思っただけで、他の女の子とあんなにイチャイチャするなんて思わなかったもん！　これは浮気よ……最近はあんまりお話もしてくれないし、もしかしてこれが『停滞期』かしら？　ダメよ、わたしはまだまだ熱々なのよ？　幸太郎くんの隣にいるだけで未だにニヤニヤしちゃうのよ？　こんなにかわいく幸太郎くんのことを思っているんだから、もっともっとかまってくれないの？　ほら、だからあなたのお家に行きましょう？　ママにはちゃんと『遅くなる』って電話するから大丈夫。今日はたっぷりとお説教よ？　幸太郎くんには、わたしのお友達としての自覚が足りないわっ」

なんだか、こういうのも久しぶりな気がするなぁ。

俺は半笑いしながら、しほにずるずると引きずられてバスに乗車した。

……まぁ、いいや。

話し足りないと思っていたのは、俺も同じなのだから――。

☆

ただいま、あずにゃんっ。

今からちょっと幸太郎くんにお説教するから、お部屋に入ってこないでね？

え？　言われなくても入らない？

おねーちゃんに構ってほしいくせに、強がるなんてかわいいわ……でも、ごめんなさい。今日は幸太郎くんとちゃんと話し合いをしないといけないから、また今度ね？

やれやれ、あずにゃんは本当にツンデレちゃんだわ。

ほら、幸太郎くんも行くわよ？

……って、なんで笑ってるの？　反省していないのかしら。これはお説教の時間が長くなっちゃうかもしれないわね。

え、わたしのほっぺたがフグみたいに膨らんでてかわいい？　そ、そそそそうやって褒めても嬉しくなんてないんだからね！

でも、仕方ないわね。ちょっとだけお説教の時間を減らしてあげるわ。

だから、もっと褒めていいのよ？

……………そ、それは言い過ぎよっ。

天使みたいに可憐で美しくて見ているだけで幸せになれそうなくらいに輝いているなんて、そこまでじゃないわ。わたしなんてせいぜい、天使みたいに可憐で美しくて見ているだけで幸せになれそうなだけだと思うの。

え？　そこまでは言ってない？　しかもまったく『けんそん』してないって？　けんそんって何かしら……あ、もしかして難しい言葉で惑わそうとしているのねっ。そうはさせないわ！　まだまだわたしの機嫌は悪いのよ？　バナナを奪われたお猿さんみたいにムキーってなってるんだからね！

ほら、正座して！

あ、でも床だとおひざが痛くなるから、ベッドの上でいいわ。わたしはなんて優しいのかしら。こんなに心が広い女の子、ちゃんと確保しておかないとダメよ？

まったく、幸太郎くんは意地悪ね？　わたし、甘やかされて伸びるタイプなの。放置されたり、叱られたり、冷たくされたら、うさぎさんみたいに寂しくて死んじゃうのよ？

わたしが死んでもいいの？　あ、ごめんなさい。冗談でも死ぬなんて言ったらダメね。みんなが大切にしてくれている体なんだから、わたしも大切にしなくちゃダメよね……って、違うわ！

また話を逸らそうとしてもダメよ！

……え？　幸太郎くんは何も言ってない？　わたしが勝手に暴走してる？　そうよ、わたしは今、とっても悪い子なのっ。だから幸太郎くんはわたしがいい子になるまでちゃんとかまってあげなさいっ。

だいたい、自分で言うのもなんだけれど、わたしはとっても簡単な女の子よ？　ただ、わたし以外の女の子としゃべらずに、わたしだけを見て、わたしだけを愛してくれたら、満足する程度のちょろい女の子なのに……え？　ちょろくない？　ちょっとめんどくさい？　でもそういうところもかわいい!?

……ふ、ふーん？

幸太郎くん、褒めるのが上手になってるわ。

なかなかやるのね。今の言葉はちょっとびっくりしたわ。

あんまりめんどくさい女の子にはなりたくないけど……幸太郎くんがお友達になってから、自分の感情が止められなくなっちゃうの。

だから……あのね、もっとかまってほしいわ。

まだまだ、足りないの。いいえ、満足したことがないの。幸太郎くんが一緒の家に住んでくれてたらいいのに――って何度考えたか、分かんないわ。

そんな状態なのに、演技だけど他の女の子とイチャイチャするところなんて見せられたら、我慢できなくなっちゃうわ。

ねぇ、幸太郎くん？　わたし、どうしたらいいかしら？

別に迷惑をかけたいわけじゃないの。

幸太郎くんがわたしのことを特別に思ってくれていることも、しっかり理解しているの。

あなたが他の女の子に興味を抱いていないことも、ちゃんと分かるの。

だけど、それでもやっぱり満たされないわ。

だから、お願いよ。

幸太郎くん……わたしの頭を、なでなでしてもらえないかしら――。

◆

――いや、長いな。

まるで、数ページ丸々セリフで埋め尽くしたような。

そんな感じで、しほは長々と俺に説教をする。しかしその内容はとても微笑ましいもので、心が穏やかになるから不思議だった。

むしろ、愛しいとさえ思ってしまう程で。

——満たしてあげたい。

しほになら、自分の全てを捧げたい。

結局、今回も長々としゃべっていたけど、要するに『もっとかまってほしい』だけだ。

その証拠に、しほはスキンシップを要求している。

『わたしの頭を、なでなでしてもらえないかしら？』

なんてことを言って、明らかに甘えている。

だから俺は、彼女の要求通り——その頭に触れた。

ベッドの上で、差し出されるように前かがみになったしほの頭に手を置いた。肌触りの良い髪の毛は、いつまでも触っていたくなるようなくらいに、気持ち良い。彼女の頭は少し温かくて、まるでゆたんぽみたいでもあった。最近寒くなってきたので、その温もりにいつまでも浸っていたくなってしまう。

「……んっ」

一方、しほはまだ満足していないようだった。

触れているだけでは物足りないと言わんばかりに、頭をぐりぐりと押し付けてくる。要求されるままに今度は左右に動かしてあげた。

髪の毛がくしゃくしゃになっているけど、しほはまったく気にしていない。撫でられて、とても気持ちよさそうに目を細めていた。

まるで、飼い主に甘える子猫みたいに。

とても気持ちよさそうに、幸せそうな表情で微笑んでいた。

「えへへ～」

たったこれだけのことで、こんなに喜んでくれる。

それなのに、寂しい思いをさせてしまっていることが、申し訳なかった。

「しほ。寂しい思いをさせちゃってごめん」

「いいえ。大丈夫よ。なでなでしてくれたから、許してあげるわ」

「で、でもっ」

「……もし、自分を許せないのなら——なるべく、一緒にいて。それが一番、嬉しいことだから」

彼女ははにかむように小さく笑う。

俺も、彼女となるべく一緒にいたい。その気持ちは同じで……ふと、こんなことを思いついた。

「しほさえ良ければ……今週末、どこかに出かけないか？」

「行く！」

俺の提案に、しほは間髪入れずに頷いた。

家の中が大好きな彼女だけど、もしかしたら俺と気持ちは一緒なのかもしれない。

「やったー！　これでもっと幸太郎くんにかまってもらえるわ♪」

はしゃぐように飛び跳ねて、今度は俺に飛びついてきた。

「おっと」

慌てて受け止めると、そのままベッドに倒れ込んでしまった。

彼女は俺の胸に頬をこすりつけながら、ギュッとしがみついている。

その顔は、いつの間にか真っ赤になっていた。

まるでゆでだこみたいである。

「「………」」

少しの間、無言で抱きしめ合う。

しほの体は小さくて、ガラスみたいにすぐに砕けそうだけど……熱くて、柔らかくて、いい匂いがした。

そんな彼女は、俺の胸に顔を埋めながら、くぐもった声でこんなことを言う。

「こ、興奮しちゃって鼻血が出そうだわ……今日は眠れないかも」

「いや、ちゃんと寝てくれよ？　これ以上遅刻したりずる休みしたら、一緒に進級できなくなるかもしれないし」

「それはダメ。わたし、幸太郎くんと同じクラスがいいもんっ……あ、でも、幸太郎くんの後輩になるのもいいかも？　せーんぱい♪なんて呼べたら、素敵だわ」

……確かに、それはそれで抗いがたい誘惑ではあるけれど。

「一緒の時間が減るのは寂しいな」

「それもそうね。だったら、お勉強もがんばるわ……その代わりに、幸太郎くんがちゃんと教えてね？」

「俺が分かる範囲なら喜んで」

――他愛ない会話に、心が癒やされる。

少し寂しそうにしているけど、しほは元気だ。

宿泊学習の時みたいに辛い思いはもうしていない。

俺はめんどくさい立ち位置にいて、色々と巻き込まれているけれど……彼女が傷ついていないということが、何よりも嬉しかった。

しほのいない物語は、谷ばかりというか……全体的に重くなりがちだけど。

でも、それでいい。

いや、それがいい。

しほが平穏であることが、俺にとっての唯一の願いなのだから――。

◆

週末。天気は晴れ……であってほしかったけど、残念ながら曇っていた。

十月も中旬を越えて、本格的な寒さが顔をのぞかせている。

それでも気分が晴れやかで温かいのは、彼女と手が繋がっているからだろう。

「幸太郎くん、お昼は何がいい？　わたし、アイスクリームがいいわっ」

「アイスクリームはおやつだと思うよ」

やってきたのは駅の近くにあるショッピングモール。飲食店はもちろん、映画館やゲームセンターに、洋服屋さんや書店もあるし、家電量販店やスーパーもあって、一日中過ごしても飽きないような賑やかな施設だった。

「……でも、こういう日くらい、栄養バランスを考えなくてもいいのか」

「ええ、そうね。今日は好きなことをやってもいいのよ」

はしゃぐように握った手を揺らして、しほが無邪気に笑う。

俺もしほもどちらかと言えばインドア派なので、こうやって外でデートする機会はあまりない。なので、しほは今日という一日にとても興奮しているみたいだった。

「幸太郎くん、ずっとニヤニヤして……そんなにわたしとデートするのが楽しみだったの？　かわいい子ね、よしよし」

……訂正。冷静を装っているけど、俺もしほと同じくらい興奮しているのだろう。

気を抜くとスキップしそうになるくらい、足元がふわふわしていた。

「しほこそ、さっきからずっとニヤニヤしてるから、お互い様だ」

「そうね、お互い様だわ……でも、仕方ないじゃない？　デートなんて、生まれて初めてだもの」

まぁ、今まで二人きりで近場に買い物とかは行っていたけど。

確かに、こうやって明らかな『デート』は初めてだった。

しほも今日は気合が入っているのか、服装がいつもと違う。

休日、俺の家に来る時はだいたいジャージとか、あるいは俺からもらった……いや、勝手に持って行ったお下がりの洋服などを着用していることが多いけど、今日はオシャレな恰好である。

派手さはないけど、落ち着いていて彼女らしいファッションである。よく似合っているので、通りがかる人たちの視線をイヤでも集めていた。

以前までの彼女なら、こうやって見られているだけで体が強張るほどに緊張していた。

でも、今は大丈夫なようで。

「えへへ〜。幸太郎くんとのデートだなんて、夢みたいだわ……しかも手を繋いでるなんて、わたしは明日死んじゃうのかしら？」

しほには、どうやら周囲が見えていないようだった。

宿泊学習の時と同じだ。俺が隣にいる時に限定されるけど、彼女の人見知りは緩和される。それなら心配しなくても大丈夫かな。

「じゃあ、アイスクリーム屋さんに行ってから……その後で、しほが見たがっているアニメの映画でも見に行くか」

「うん！　そうするー！」

そうやって、二人で休日を謳歌する。

アイスを食べて、映画を見て、感動で泣いているしほをあやしながら今度はパフェを食べて、ゲームセンターでクレーンゲームをやって……お互いに慣れていないから結局失敗ばかりして、それでも二人で笑いながらお店を出る。

楽しくて、明るくて、素敵な時間が流れていた。

「次は、ケーキでも食べに行きましょう？　なんだかおいしそうなお店があるわ！」

「……ちょ、ちょっと甘い物を食べ過ぎてないか？」

「今日くらい大丈夫よ。なんてったって、デートだもの！」

甘すぎるくらいが、ちょうどいいのだろうか。

今日は気持ちだけじゃなく、物理的にも甘い一日になるようだ――。

◆

気付いた時には、いつの間にか夕方になっていた。

そろそろ、しほを帰してあげた方がいいことは分かっているけれど……どうしても、それが名残惜しくて、なかなか切り出せずにいた。

「幸太郎くん、次はどこに行く？　またゲームセンターにでも行きましょうか？」

しほも俺と同じ気持ちなのだろう。

何度もスマホで時間を確認しているけど『帰ろう』の一言は口に出さない。

ギリギリまで。いや、時間が過ぎてもまだ……と、そんな意志を感じた。

ギュッと、心が締め付けられたような。

しほの愛情を感じると、胸が痛むほどの喜びが沸きあがってくる。

もしかしたら、これが……『好きになる』ってことなのだろうか。

だとしたら、もういいのでは？

今、しほに告白したとしても、俺の愛情を受け取ってくれるのでは？

「しほ、あのさ……」

衝動的に、思いを伝えようとする。

しかしそれは……彼女のシナリオにおいて不要なイベントだったようで。

「OH！　奇遇ダネ！　リョウマ、こっちにコウタロウとシホがいるヨ！」

彼女の登場で、空気が変わった。

甘いラブコメが、一気にシリアスへと転じる。

数メートル先にいたのは、金髪碧眼の美女……メアリーさんと、それから。

「ちっ。なんでいるんだよ……」

竜崎龍馬だった。

まさかの遭遇に……いや、メアリーさんが俺の行動を知っていないわけがない。

だからこの出会いは偶然じゃなく、作為的なもので。

「HAHAHA！　二人で何してるのカナ!?　ねぇねぇ、せっかくだしカフェにでも行かない？　四人で、行こうヨ！」

その発言は、明らかに俺としほを邪魔するためのものだった。

「――いや」

その瞬間に、しほの顔から笑みが消えた。

いや、笑い顔だけじゃない。感情も、温度も、色も、全てが消えて……代わりに表出したのは、俺と出会う前の『霜月さん』だった。

「………………っ」

無表情で、無色透明の彼女は、動くこともできずにメアリーさんを見つめていた。

その顔つきは、まるで宿泊学習の夜、舞台上に立たされていた時のようである。

（まずいな）

このまま二人と一緒にいるのはしほにとって良くない。

そう判断した俺は、即座に彼女の手を引っ張った。

「ごめん、もう帰るところだったから」

それだけを伝えて、二人に背を向ける。

「アララ……残念ダネー」

「メアリー、行くぞ。あの二人にあんまり関わるな」

竜崎も俺たちを歓迎していたわけじゃないのだろう。そう言ってさっさと離れようとしていた。

「……邪魔しちゃってすまないねぇ」

去り際、メアリーさんが耳元でそんなことを囁いた。

その言葉を聞いて、彼女が意図的に俺としほを邪魔したことを確信した。

「でも、キミはハーレム主人公になるんだから、シホだけを愛するなんてずるいことをしないでくれよ。他のサブヒロインが可哀想だろう?」

「――っ」

何か言い返そうと顔を上げる。

しかしその時にはもう、メアリーさんは俺から離れていた。

「リョウマ、待ってヨ！　こんな美女を置いていかないでくれないカナ!?」

白々しくそう声を上げながら走る彼女を、睨むことしかできなかった。

(せっかく、楽しい時間だったのに……!)

メアリーさんの悪意に、思わず奥歯を噛みしめてしまう。

それがまた、悪手というか……しほにとって、良くないことで。

「ごめんね。せっかくのデートだったのに……わたしがっ。わたしの、せいで……また、変な緊張をしてしまって、怖くなっちゃって……っ」

　感受性の鋭いしほが俺の苛立ちに反応していた。

（しっかりしろ。冷静になれ……メアリーさんのペースに惑わされるな）

心の中の声が俺にそう言った。ああ、その通りだ……言われなくても分かっている。

しほと、それから自分を落ち着かせるために、外に出て。

冷たい外気を吸い込んで、ようやく息と気持ちが整った。

「しほ。もう大丈夫だから」

そう言って、改めてしっかりと手を握ってあげる。

「俺はここにいる。ちゃんとそばにいる」

宿泊学習の時みたいに、離れ離れなんかじゃない。

そして、しほは人見知りで他人が苦手だけれど……俺が隣にいてあげたら、いつも通りの『しほ』でいられるから。

「……うん。幸太郎くんが、いる」

　虚ろな目に、光が戻る。

　俺の存在を確かめるように手を両手で握りしめて、まっすぐに俺の目を見て、それからようやく安心したのか……やっと、強張った顔が緩んだ。

「ありがとう。幸太郎くんのおかげで、落ち着いたわ」

表情に色が戻る。

透明だった少女にわずかな朱が差して、いつものしほの色となった。

「良かった。少し休もうか？」

「ええ、そうね……ちょっと、人のいないところに行きたいわ」

そういうことなので、少し歩いて人が少ない場所へと向かった。

おかげでしほも、なんとかいつもの状態に戻ってくれたみたいで。

「はぁ……ごめんなさい。メアリーさんと竜崎くんを見た時、急に宿泊学習の時を思い出しちゃって——頭が真っ白になったの」

休憩用のベンチに座ると、しほはどうしてあんな状態になったのかを教えてくれた。

「竜崎くんの音が——あの時と一緒だったわ。わたしに告白した時と同じ……独りよがりで、自分のことだけしか考えていないような、歪んだ音。あの時はわたしに向けられていた音が、今度はメアリーさんに向けられていて……それで、思い出しちゃったの」

「竜崎が、メアリーさんに……」

物語はかなり進行しているのだろう。

竜崎は既にメアリーさんに対して特別な感情を抱いているようだ。

だったら、どうしたらいい？　俺は、何をすればいいんだ？

何をすることでしほの笑顔を守れるのだろう？

（どう裏切れば、メアリーさんの思い通りにならなくてすむ？）

――と、一人で勝手に思い詰めていた。

すると……今度はしほが、俺の手をギュッと握りしめてくれた。

まるで『わたしもいるよ？』と言うように。

困っている時。悩んでいる時。苦しんでいる時。

彼女はいつも俺を助けてくれる。

「だけど、わたしたちはもう関係ないわ。だから気にしないようにする……幸太郎くんも悩む必要なんてないの。だって、わたしは竜崎くんが苦手だったけれど、メアリーさんはそうでもないように見えるもの。音が、とても嬉しそうだったわ」

その言葉は、反撃のきっかけになり得るものだった。

「メアリーさんが、竜崎を……？　それってもしかして『好き』ってことか？」

まさか、そんなことありえない。

だって彼女は演技をしているだけじゃないのか？

メインヒロインという役柄に合わせたキャラクターで、竜崎を好きになったふりをしているだけ――と、そう俺は思い込んでいた。

だけど、しほの『耳』はウソと真実を聞き分ける。

「メアリーさんの音はちょっと特殊で、あまり好きな音ではないけれど……その中に、竜崎くんへの好意の音色も、混じっているわ。前までのあずにゃんとか、あとは浅倉さんや北条さんと、近い音が聞こえるの」

以前までの中山梓、浅倉キラリ、北条結月と同じ音。

それはつまり――サブヒロインたちと同じく、彼女もまた竜崎に片思いしていると、そういう認識でいいのだろうか？

「なんだか、宿泊学習の時の幸太郎くんみたいで……メアリーさんって、音が安定しないの。だから、教室にいる時のメアリーさんがどういう人間なのかよく分からなかったわ。それが不気味で、怖い感じもしていて……でも、竜崎くんと二人きりの時の音は、確かに普段と違う感じがするわ」

その発言はヒントになる気がした。

（なるほど。メアリーさんにも竜崎の『主人公性』が機能しているなら……彼女の作った歪んだシナリオを壊すために、俺がするべきことは――！）

その答えが何となく分かった気がしたのである。

「だから、幸太郎くんも二人に関しては気にしないでいいと思うわ。あの時みたいに無理をしないでいいからね？　わたしたちは、関係がないもの」

今回は何もしなければ、何も起こることはない。

しほにとっては、そうなのだろう。そのアドバイスは間違っていない。

しかしながら……しほが無関係でいるかわりに、俺は巻き込まれてしまっている。

何もしなかったら、メアリーさんは俺を『ハーレム主人公』に仕立て上げようとしてくるだろう。それは、俺の本意じゃない。

俺が好きなのは、しほだけだから。

「俺は大丈夫だよ」

そう伝えて、力強く頷いた。

しほにウソは通用しない。だからあえて、心配が要らないことだけを強調する。

「……そんな目をするのはずるいわ」

一方、しほも俺が何かを隠していることは感づいているだろう。

でも、彼女はあえて何も聞かないでくれた。

「信じているから――としか言えなくなっちゃうじゃない」

そう言って、俺に優しく笑いかけてくれた。

「幸太郎くん。文化祭が終わったら、またデートしてくれる？」

「もちろん。今度はもっと遠くに行こう……秋葉原とか行ってみる？　しほ、アニメとか好きだし、楽しいと思うよ」

「行くっ……一緒にメイドカフェに行って、『萌え萌えきゅんきゅん』ってしてもらいましょうね？」

そして今度は、彼女が小指を差し出してきた。

「約束よ？」

細くて、小さくて、握りしめるのも怖いほどに繊細で……そっと添えるように小指を重ねたら、しほの方から強く握ってきた。

「絶対、行きましょうね？」

もちろん、と俺も強く頷く。

今度こそ、純粋で楽しいデートをしよう……と、約束するのだった——。

◆

俺はどうやら、間違っていたみたいだ。

今まで、メアリーさんを裏切ることばかり考えていた。

でも、違う。

そんな暴力的な手段は、俺に似合わない。

もっと穏やかな方法でも、メアリーさんのシナリオを壊せる——そのことを、しほが俺に教えてくれた。

『メアリーさんは、竜崎を好きになっている』

しほの言葉が真実だとするなら。

もし、メアリーさんが自分の気持ちに気付いていたら……竜崎を振ることなんて、できるのか？

彼女は竜崎を振って、俺を選ぶことであいつを『不幸』にすると言っていた。

しかし、新ヒロインが主人公を裏切ることなく愛し合って、物語が終わる。

そういう幸せな結末も、ありではないだろうか？

（でも、本当にそれでいいのか？　そんななまぬるいやり方で、うまくいくのか？）

うるさい、黙ってくれ。

最近、心の声に思考をかき回されることが多くなっているような気がした——。

第六話　ハッピーエンドの伏線

文化祭まで残り一週間。そんな慌ただしい時に、俺はまたしてもメアリーさんに捕まってリムジン内に連れ込まれていた。

「おや、コウタロウじゃないか。奇遇だね、ちょっと話さないかい？」

「待ち伏せしていたくせに、よく言うよ」

「まぁまぁ、そう言わないでくれ……軽い雑談だよ。これからいよいよ、物語は大詰めに入るだろう？　その前の決起集会みたいなものだね」

……それにしても、メアリーさんは日本語が達者である。

さすがはパーフェクトヒロイン。どの分野にも才能が溢れているのだろう。

「あと一週間でリョウマをどん底に突き堕とせる……ああ、早く見たいなぁ。ワタシに告白を振られたリョウマは、いったいどんな顔を見せてくれるんだろうね？」

そして彼女は、演技の才能にも恵まれている。

竜崎（りゅうざき）の前では無邪気な陽気ヒロインを演じており、それがうまくハマっていた。

あいつもすっかりメアリーさんのトリコになっている。

だから、竜崎には何も心配いらない。

しかしながら、メアリーさんに関しては……まだ足りないかもしれない。

メアリーさんが『ざまぁ系ラブコメ』を諦めるくらい、竜崎を愛するようにならないと、彼女のシナリオを壊すことはできない。

そういうことなので、このあたりで俺も仕掛けることにした。

「一つ、気になっていることがあるんだ」

「ん？　何かあるのなら、聞いてあげるよ？　第三者の意見を聞くことはクリエイターにとって有意義なことだからね」

「ありがとう。思い過ごしかもしれないけど……竜崎って、まだしほのことが好きだったりしないか？　この前、ショッピングモールで出会った時から、ずっと気になっているんだよ」

そう伝えると、メアリーさんは微かに眉を上げた。

「ほう……どうしてそう思ったんだい？」

「竜崎が、しほを過剰に避けていた。それってつまり、まだ意識している――ってことにならないか？　もしあいつがメアリーさんを好きになっていたなら、しほのことなんてどうでもいいと思うはずだから」

……我ながら、それっぽいことを言うのが上手である。

「――確かに、それを否定するだけの根拠をワタシは持っていないね」

メアリーさんも俺の言葉を鼻で笑うことはできなかったようだ。

「うーん、キミとシホがデートするという情報を聞いて、遭遇したら面白いかも？なんて出来心でワタシとリョウマもショッピングモールに出かけたわけだけど……あのイベントがきっかけで、リョウマにシホのことを思い出させてしまった可能性はある」

「だから、竜崎がもっとメアリーさんを好きになるようにしたほうがいいと思う」

よし。話をどうにかこの方向に持っていくことができた。

「……できるのかい？」

「一応、アイディアはある。たとえば――」

と、俺の考えた『竜崎がメアリーさんを好きになる』作戦を伝えた。

とはいっても、竜崎とメアリーさんが恋人になって、ハッピーエンドを迎えるための作戦なのだが。

なので、正確に言うなら『二人が親密になるための』作戦だ。

「ふむ……まぁ、悪くはないね」

一通り聞いて、メアリーさんは色のいい返事をしてくれた。

「でも、どうしていきなり協力的になったのかな？　今まで、散々やる気がなかったのに……もしかして何か企んでいたりするんじゃないか？」

同時に、メアリーさんは俺を怪しんでいるようだ。

そう思うのも当然である……そのリアクションも予想していた。

「――しほは竜崎を見た時、また昔みたいに真っ白になったんだよ。だから、ほんのわずかな可能性でも、竜崎としほが関わる可能性を潰したい……竜崎龍馬という『主人公』そのものを、完全に消しておきたいんだ。これ以上、彼女が傷つかないように」

回答もきちんと用意していた。

もちろん、ウソの中に真実を混ぜて、バレにくくしておく。

「にひひっ。そういうことか。うん、面白いね……守るために、邪魔なものを消す。そういう思考は嫌いじゃないよ」

メアリーさんは頭がいい。本来であれば、俺程度が騙せるような人間ではない。

しかし、天才だからこそ彼女はうぬぼれていて……俺を舐めている。

『俺程度に欺かれるわけがない』

そう思ってくれているから、簡単にメアリーさんをコントロールできた。

これから俺は、ヒロインが主人公を好きになる『イベント』を発生させる。

クリエイターの彼女を、ただの『恋するヒロイン』に堕とすために――。

コウタロウに指摘されたことは、心の奥底で感じていたことだった。

たまにリョウマは、ワタシじゃない誰かに話しかけているように思うことがある。

「メアリー、今日は寒いから体調には気をつけろよ」

ほら、こんな感じで……まるで、ワタシが病弱であることを前提にしているみたいに、話しかけてくるのだ。

「HAHAHA！　アメリカはもっと寒いヨ？　これくらい半袖でも十分ダヨ！」

無邪気さを装い、冗談だと笑い飛ばす。

そうやってようやく、リョウマは隣にいるのが『ワタシ』であることを思い出すかのように、ハッと我に返る。

「……ああ、そうだよな。ごめん、俺は何を言ってるんだか」

「ワタシのこと、心配してくれてるんじゃないカナ!?　サンキュー、リョウマは優しいから大好きダヨ♪」

「ははっ。ありがとう、そう言ってくれると嬉しいよ」

ワタシの好意に、リョウマは満更でもない顔を浮かべている。

「あ、ごめん。ちょっとお手洗いに行ってくる」

「ハーイ！　イッテラッシャーイ♪」

放課後のこと。空き教室で演劇の練習をしていたら、リョウマがトイレに行った。

うーん、あの様子を見た限りだと……リョウマはワタシのことをちゃんと好きになっているはず。

だけど、やっぱり少しだけ不安があって。

（まさか、まだシホに未練があるとは思いたくないけどねぇ……念には念を入れておこう。リョウマの恋心を、もっとワタシに傾かせる）

リョウマが席を外している隙に、教室の隅っこで台本を読んでいるコウタロウに声をかけた。

「コウタロウ、ちょっといいかい？　今日は『説教されてドキドキ♪　ワタシのために怒ってくれてありがとう☆』作戦を実行しようと思うんだけど」

これもまた『リョウマがワタシを好きになる』作戦の一環である。

「俺はそんなふざけた作戦名はつけてないよ」

「分かりやすくていいだろう？」

彼からは『竜崎に説教してもらうイベントとかいいんじゃないか？』とアドバイスをもらっていた。それを実行するにはいいタイミングだった。

「『こんなに怒ってくれるほど、ワタシのことを深く考えてくれて嬉しい！　もっとリョウマが好きになっちゃった♪』……って、そんな都合のいいこと普通は言わないよね」

これもまた、よく見かけるような主人公とヒロインのテンプレイベントだけれど。

ワタシはこのシーン、あまり好きじゃなかったりする。

「お前のためを思って怒ってるんだ、なんてモラハラだと思わないかい？　まるで風俗で説教してくるおじさんだよ」

「そのたとえは高校生としてどうなんだろう？」

似たようなものじゃないかな。

とにかく、今からワタシはリョウマに叱られようと思っているわけだ。

「それで、どういうことを言えばいい塩梅で怒ってくれると思う？　あまり激怒させすぎるのも良くないだろうし、キミの考えを聞かせてくれ」

「そうだな……あいつの本心は正直想像したくもないけど、自分よりも身内のことを悪く言われると怒るんじゃないか。たとえば、あいつと仲のいい女の子……結月とか、キラリとかだな」

なるほど。それは確かに主人公っぽいね。

リョウマは自分に対して絶対的な自信を持っているから、彼を直接的に貶したところで『他人の戯言』として聞き流される可能性がある。

しかし、リョウマの自信……いや、自惚れの原因になっている『彼を肯定するサブヒロイン』を否定されると、まるで所持しているアクセサリーがバカにされているように感じるのかもしれない。

そしてリョウマは、サブヒロインたちのためにではなく、自分のために怒る――というわけだ。そこまで考えた上での助言なのだろう。さすがはコウタロウだ。

「じゃあ、それでいこうかな。コウタロウはそこの掃除用具入れにでも隠れてるといいよ。二人きりの方が、リョウマも怒りやすいと思うから」

今は演者だけの練習時間なので、ワタシたち以外の人間がいない。コウタロウもいないとなれば、リョウマも気兼ねなく怒ってくれるだろう。

「いや、俺は別にいなくてもいいんじゃないかな？　万が一にでもバレたらまずいし」

「モブキャラの存在感なんてゼロに近いし、絶対に気付かれないよ」

「それは、否定できないけど……」

「後々の情報共有のためにも、見ていてくれた方がやりやすいからね」

そう伝えると、コウタロウも渋々といった感じで頷いてくれた。

さて、そういうわけで彼を掃除用具入れに押し込んでから、リョウマが来るのを待った。

数分くらいだろうか。時計を眺めていたら、すぐにリョウマがやってきた。

「ん？　あいつはいないのか」

「あいつって、コウタロウのことカナ？　彼なら用事があるって言って帰ったヨ！　にひひっ♪」

「そうか。まぁ、中山なんてどうでもいいんだが……それにしても、機嫌よくないか？　なんか楽しそうだな」

分かりやすく笑ってあげたからなのか、鈍感なリョウマでもワタシの変化に気付いたみたいだ。

流石、一流役者のメアリーだね。演技もバッチリだ。

「だって、リョウマと二人きりだからネ！」

「そんなに喜ぶほどのことでもないだろ。結構、二人きりの時も多いと思うが」

「えー？　でも、学校だと珍しいんじゃないカナ？　だって、いつも他の女の子がいるし……」

そして、ワタシは彼女の名前を口に出した。

「ほら、キラリとか！　よく付きまとってくるから、結構不満なんだヨ？　ワタシとリョウマの邪魔をしているみたいで、あんまり好きじゃないカナ☆」

あえて、明るく。

無邪気に、悪意のない感じでセリフを紡ぐ。

すると……狙い通り、リョウマの顔色が変わった。

「おい、ちょっと待て」

やっぱり、コウタロウの予想通り……自分を慕ってくれるヒロインを悪く言われるのは、許せないようだった。

「そんな言い方、良くないぞ。メアリーらしくない」

血相を変えて、という程ではない。

でも、明かにシリアスな雰囲気を醸し出していた。

「キラリは邪魔をしているわけじゃない。俺たちと……いや、メアリーと仲良くしようとしてるんだよ。相性は悪いかもしれないけど、彼女なりにがんばって歩み寄ろうとしているんだ。その努力をバカにするのはダメだ」

よくもまぁ、そんなことが言えたものだ。

（キラリがワタシを快く思っていないのは、リョウマのせいだと思うけれど……流石は主人公だ。鈍感を免罪符に加害者であることを棚に上げられるなんて、素敵な立場だね）

内心ではそんなことを思うものの、それを表情には出さないように注意する。

その代わりに浮かべたのは、シュンとして落ち込んだ顔だった。

「そ、ソーリー……バカにしたつもりじゃなかったんダヨ？　ジョークだから、あんまり怒らないでネ？」

「冗談でも、他人を鼻で笑うのは良くないことだ。悪意がないことは分かっているけど、軽率な発言は気を付けた方がいい。将来、こういう何気ない発言で人に嫌われる可能性もあるんだぞ？」

「そうダネ……次から気を付けるヨ」

反省しているふりをする。

俯いて、目を伏せて、背中を丸めて、そういうポーズを取っていたら……リョウマがワタシの頭を撫でてきた。

「厳しいことを言ってごめん。でも、これはメアリーのためを思って言ってるんだ。そのあたり、分かってくれると嬉しいよ」

冷たくしたかと思ったら、今度は一転して優しくなる――か。

まさしく、ドメスティックバイオレンスの手口みたいで、やっぱり好きじゃないね。

「ウン！　リョウマってすごく優しいからネ！　怒ってくれて、サンキューダヨ！」

……言ってて、鳥肌が立ってきた。

いやいや、説教されて喜ぶような女の子、かなり珍しいよ。

きっと、掃除用具入れの隙間からこちらを見ているコウタロウは、ドン引きしているだろう。

それくらい異常なシーンなのだけれど……リョウマはそれに気付かない。

自分に都合がいいようにしか物事を捉えられないから、むしろ感謝されることが当たり前だと、そう認識しているようだった。

「ははっ。別に、俺は優しくなんかないよ。普通だ」

「普通じゃないヨ！　出会った時からリョウマはずっと優しかったカラ……ほら、ワタシを助けてくれたデショ？」

早朝、犬の散歩をしている際、ワタシが車にひかれそうになったところをリョウマが助けてくれた。

もちろんあれも仕込みだったので、車にひかれる演技というか……まぁ、色々配慮して、危険じゃないように計画していたのだけれどね？

しかし、リョウマはそれを知らない。

自分がワタシの命の恩人であると思い込んでいる。

だから、ワタシに好かれる理由があると勘違いしているのだ。

本当はそんなことないのに……哀れな主人公だなぁ。

「そうだな。メアリーは結構、おっちょこちょいなんだよ」

「ＨＡＨＡＨＡ！」

笑いながら、リョウマと肩を組む。

最近、こうやってスキンシップを増やした。これもコウタロウのアドバイスである。

「ワタシはオッチョコチョイだから、これからもちゃんと見守っててネ？」

そう伝えると、リョウマは嬉しそうに笑った。

「ああ、もちろん。任せてくれ……何があっても、守るよ」

「アリガトー！　あと、悪いことをしたら、ちゃんと怒ってネ♪　ワタシ、パパにも怒られたことないカラ……怒ってくれるって、なんだか新鮮だったヨ。なんか、ちょっとドキドキしちゃったカモ？」

「ははっ。まぁ、うん……メアリーのために怒れるのは、俺くらいしかいないかもしれないな。もちろん、これからもずっと見てるよ」

「キャー♪　『これからもずっと』って……それってまさか『プロポーズ』カナ？　リョウマって、もしかしてワタシのこと……？」

「べ、別に、そういう変な意味じゃねぇよ！」

「……変な意味でもいいのに」

「え？　なんだって？」

「な、ナンデモナイヨ！　ただの独り言ダカラネ!?」

そうやって、テンプレの会話を繰り広げる。

新鮮さなど何もない、どこかで見たような会話を通して……ワタシとリョウマの絆が、さらに深くなる。

ここ数日、こういったイベントを多くこなしていた。

リョウマは主人公なので意識せずともイチャイチャイベントが定期的に発生する。それも利用しつつ、コウタロウにも協力してもらっていたので、もうリョウマの恋心はワタシが掴んでいると断言できた。

ふむ……ここまできたら、もう大丈夫だろうね。

（文化祭まであと三日。準備はしっかり、終わった）

リョウマは完璧にワタシを好きになっている。

後はタイミングが来るのを待つだけだ。

（にひひっ。裏切った時の顔を見るのが、楽しみだよ）

心臓が、ドキドキと脈打つ。

リョウマを見ていると、心が落ち着かなくなる。

たぶんワタシは興奮しているのだろう。

主人公が堕落するその瞬間を考えると、今からワクワクが止まらなかった――。

◆

掃除用具入れの中から、二人をジッと観察する。

隙間から見えるメアリーさんと竜崎は、見つめ合って笑っていた。

なんだかとても楽しそうだった。

彼女の笑顔を見ていると、不思議な感覚になってしまう。

だって、出会った時は底知れない全能感のある雰囲気を醸し出していた、あのメアリーさんが……今は、ただの女の子みたいな顔つきになっていたからだ。

（まるで『恋する乙女』みたいだな）

目がトロンとしていて、頬が緩んでいて、口角がわずかに上がっていて……顔全体が上気したように紅潮しており、瞳には輝きが宿っている。

魅力的な笑顔を見ていると、そこにウソが含まれているようには見えなかった。

（なんとかなればいいんだけど）

最近はずっと、協力者のふりをして竜崎とメアリーさんが仲良くなるよう、イベントを仕掛けていた。彼女に俺の思惑がバレないように気を張ってもいたのだけど……そんな苦労も、あとちょっとで終わる。

（文化祭まであと三日か……）

その時になって、メアリーさんはきっと自分が構築した『ざまぁ系ラブコメ』を仕上げようとするだろう。

でも、そうはさせない。

その寸前で、自分の恋心に気付かせてあげればいい。

メアリーさんの作った物語の結末は『ざまぁみろ』じゃなくて。

なんだかんだあったけど、メアリーさんは幸せになりました。

『めでたしめでたし』

こんなありふれたセリフで、舞台の幕を下ろしてあげたかった。

(本当にうまくいくのかは分からないけどな)

……不意に聞こえた心の声に、思わず顔をしかめてしまう。

しかし些細なことだと思って、またしても俺は聞こえないふりをするのだった——。

第七話
届いていない想い

十一月のはじめ。ついに、雪乃白高等学校の文化祭が始まった。

期間は二日間。一日目は生徒だけで楽しんで、二日目は保護者など一般参加の人々も訪れる。ちなみに演劇は二日目のみ行う予定らしい。

一日だけで済むのは良かったけど……それにしても準備が多い。

特に小道具係や衣装係は四苦八苦しているみたいだ。

「霜月さん、ちゃんとやって！　ほら、こうやるだけなのに、どうしてできないのっ？」

「うぅ……あずにゃん、もっと優しくして？　わたし、褒められて伸びるタイプよ？　いいえ、甘やかされてようやく本気がでるのに、叱られたら何もできないわ」

「梓はおにーちゃんみたいに甘やかさないよ？　ほら、文句を言う暇があったらちゃんと手を動かして？」

「ぐぬぬっ。幸太郎くんが恋しい……彼ならもっと甘やかしてくれるのに。もういやっ。わたし、がんばりたくない……ダラダラしたい！」

「……じゃあ、がんばったらおにーちゃんの寝顔写真送ってあげるって言ったら？」

「卑怯だわ。鬼かしら？　それとも悪魔？」

「要らないの？」

「あ、ごめんなさい。ほしいです、どうかお願いしますがんばるからくださいっ」

……色々と、ツッコミどころは多いけれど。

小道具係のしほもがんばっていた。今は装飾に使う折り紙のリボンを作成している。しかし不器用だから作業がはかどっていないのだろう……演者の梓が手伝ってあげていた。

微笑ましいやり取りは、見ていて心が癒やされる。

本当はずっと見ていたかったけど、開演前日ということもあって、俺にもやることがあった。

「中山さん、来てください。少し、メイクをしたいので」

委員長の仁王さんに呼ばれて、教室を出る。

案内されたのは、二組の教室から少し離れた空き教室だった。ここも文化祭の準備で使っていいことになっていて、明日使用する道具などを保管している。

その隅っこがメイクをする場所となっているようだ。

「それでは……浅倉さん、お願いします」

俺のメイク係はなんとキラリがやることになっている。クラスで一番化粧がうまいらしい。高校デビューでギャル化したおかげなのだろうか。

「うん、了解。にこちゃん、後はやっておくから戻っていいよ」

「はい。でも、その呼び方はやめてくださいね」

「次から気を付けるね～」

よそよそしいやり取りの後、仁王さんは空き教室を出ていく。彼女は全体の監修役なので、一番忙しそうだ。

それでもどこか楽しそうに見えるのは、きっと物語が本当に好きだからだろう。

しかし、かつて物語が大好きだったはずの彼女は、とてもつまらなそうな顔をしていた。

「「………………」」

書店での一件以来、一度も言葉を交わさなかったので、なんだかとても気まずい。

「フンフンフ～ン♪　デキタ～！　よーし、リョウマにみせてこないとネ！」

一方、一人でメイクをしていたメアリーさんはわざとらしくそう言って、教室から出ていった。たぶん、俺たちを意図的に二人きりにしたのだろう。

彼女のシナリオでは『キラリが俺を好きになる』ということになっていた。そのためのイベントが、今と判断したのかもしれない。

「……なんか、やりにくいかも」

二人きりになったおかげだろうか。

キラリはメアリーさんがいなくなるとすぐに話しかけてきた。

「でも、話がしたいと思っていたから、ちょうど良かったのかな？」

その態度はどこか、媚びているようにも感じてしまった。

「前はごめん。アタシ、ちょっと変な感じになってたじゃん？」

彼女は手を動かしながら、口も動かす。

無言を嫌うような態度が悲しかった。

中学生の時のキラリは、確固たる『自分』を持っていて……そこに憧れていた。

自分のない俺にとって、彼女の凛とした立ち振る舞いが眩しく見えたほどに。

それがもう、今は見る影もなかった。

「別に、こーくんのことを怒らせたいわけじゃなかった。あの時はちょっと、おかしくなってただけ……だから、ごめんね？　アタシはただ、中学の時みたいに……気軽に話したかっただけっていうか……」

以前、厳しい言葉をかけたのは、『もしかしたら奮起してくれるんじゃないか？』と期待していた側面もあった。

だけどキラリは乗り越えてくれなかった。

だから、これ以上責めるのは可哀想だと思ってしまって……俺は何も言えなかった。

「………あ、あのさっ」

それでもキラリは言葉を続ける。

一生懸命、俺の気を引こうとしている。

「そういうわけだけど、別にこーくんがイヤなら無理しなくていいし？　アタシは、不快な思いをさせたいわけじゃなかった、ってだけだから……」

知ってるよ。

だからもう、何も言いたくないんだ。

君を傷つけたいわけじゃないから。

「えっと……で、できた！　ほら、見て？　アタシ、結構メイク上手でしょ？　こーくん、めちゃくちゃイケメンになってるじゃんっ！」

手鏡を見せられて、俺は思わず凝視してしまった。

「すごいな……」

まるで、俺じゃないみたいだ。

思わず発してしまった一言で、キラリはすごく嬉しそうな顔をした。

「こーくんって、やっぱり顔立ちは悪くないかも？」

普段なら否定する一言だが、しかし今の姿を見てしまうと、首を横に振れなくなる。それくらいキラリの腕前はすごかった。

唇の血色がよく、頬も真っ白で、目元もくっきりしている。いつもはぺったりとした髪の毛も整髪剤でセットされていた。

「まぁ、こーくんは元々顔が薄いから、化粧映えするタイプだと思ってたんだよね～。にゃははっ、素敵でしょ？　化粧って人を変身させることのできる魔法のアイテムなんだよ～？」

俺が褒めたせいか、途端にキラリは饒舌になる。

「だからアタシは、毎日綺麗になりたくて努力してるっ。それが褒められると、マジで嬉しいかも……ありがと、こーくん♪」

なんで、俺が褒めただけなのに、わざわざお礼を言うのだろう。

やめろよ。

この程度の一言で、そんなに喜ぶなよ。

「……キラリは、今の俺が俺に見えるか？」

唐突に、問いかける。

「え？　う、うん……かっこよくなったけど、こーくんはこーくんでしょ？」

急な質問にキラリは戸惑っていたけど、素直に答えてくれた。

俺の機嫌を悪くしないよう気を遣う姿は、やっぱり見ていて辛かった。

「ああ、そうだよ。俺は俺だから、どんなに化粧をしても人間は変わらない」

……まぁ、俺も以前まではよく『自分』を切り替えていたので、「お前が言うなよ」という話になるのだけど。

それでもスラスラと出てくるのは、あるいは自分自身に言い聞かせるように話しているから、なのかもしれない。

「そのことを踏まえて、一つだけ質問させてくれ……キラリ、今の君はちゃんと『キラリ』なのか？」

高校生になって、自分をギャルキャラに捻じ曲げた君は……見た目が変わっても、ちゃんと『自分』を保てているのか？

「中学生の時のキラリと、今のキラリは同じ人間なのか？」

「な。何言ってるの？　……アタシは、あたしだよ？　え？　そんなの、アタシで、あたしだから、アタシは、あたしは……！」

ほら、やっぱり。

中学生のキラリと、高校生のキラリ。どっちが本当の自分か、分からなくなっていた。

「自分を変えたいと思うことは、悪いことじゃないよ。でも、自分が何者であるか忘れるほど変えてしまったら、もう君が『浅倉キラリ』でいる理由がなくなるんだよ……そうやって、竜崎のために自分を変えてしまった結果が、今のキラリだ。自分が何者かも分からない、可哀想な少女に見えるよ」

こんな顔が見たかったわけじゃない。だからあえて、しっかりと伝えた。

いくら裏切られても、切り捨てられても、もともとは友達だったのだから。

キラリにも、ちゃんと幸せになってほしい。

何度も言うけれど……俺は君を傷つけたいわけじゃない。

……いや、違うな。厳密に言うと、そういうことじゃないか。


君を傷つけてまで、助けたいと思ってはいけないんだ。


それをしてしまうと、俺を大切にしてくれているあの子への『裏切り』になってしまう。

だから、俺ができることはキラリが『おかしくなっていること』を伝えるだけ。

これ以上のことはしてあげられない。

だから、どうか……お願いだ。

キラリ、怒ってくれ。

奮起してくれ。俺なんかにこんなことを言われる筋合いはないと、言い返してくれ。

「メイク、ありがとう。それと、明日もよろしくな……こんなことを言ってしまった後で、気まずいだろうけど。お互いに、やるべきことをやろう」

そんなことを願って、出て行こうとしたのに。

「ま、待って！　あの、怒ったの？　ご、ごめんね？　何が悪かった？　アタシ、頭が良くないから、こーくんの言ってることが分かんなくて……で、でも、アタシが悪いなら、直すからっ」

キラリに俺の想いは届いていなかった。

足りない。彼女を奮起させるには……覚悟も、想いも、まったく足りていなかった。

もうダメなのだろうか？

キラリを救うことは、できないのだろうか？

「……ごめん」

振り向くこともできずに、そのまま空き教室から出ていく。

だけど、後味はすごく悪くて……今にも、吐いてしまいそうだった——。

◆

空き教室を出ると、そこはまるで異空間のようだった。

校内はどこも賑やかである。自分のクラスの出し物を宣伝する生徒や、イベントを楽しんで騒いでいる生徒もいて、うるさいくらいに。

そういえば今は、文化祭の最中だ。

あまり騒ぐ気分にはなれないけど、暗い顔をしているのは場違いか。

「………よしっ」

こんな顔をしていては、あの子を悲しませてしまう。

だから気分を切り替えて、再び顔を上げた。

すると目の前には、当然のようにメアリーさんがいたので、思わずため息をついてしまった。

「おやおや？　美女の顔を見てため息をつくのは良くないね」

「うるさい」

今はメアリーさんに付き合う余裕がない。乱雑に振り切ろうと試みたけど、しつこく付きまとってくるので不快だった。

「どうしてそんなにイラついているのかな？　あ、もしかして、かつての女友達を拒絶したことが苦しいのかい？」

……やっぱり盗み聞きしていたのか。

「そんなに辛いのなら、受け入れてあげればいいのにねぇ？　そうしたら、みんな幸せになれるよ？　そっちの方が、ハッピーエンドに近くなると思わない？」

「……そんなわけないだろ」

しほが悲しむ結末がハッピーエンドなわけがない。

まったく、くだらない。彼女は無視して、さっさと教室に戻ろうとする。

そんな俺に、メアリーさんは言葉を止めなかった。

「まぁ、今回はがんばって拒絶したけど、次はどうなるか楽しみだよ。今度はなんと、ついにキラリが振られちゃうよ？　その時、壊れかけた彼女を前に、はたしてコウタロウが無情を貫けるのか……楽しみだねぇ」

「…………」

そんなの、言われなくても分かっていたことだ。

メアリーさんのシナリオがどっちに転ぼうと、キラリが幸せになる選択肢がそもそもないのである。

でも……このまま、見捨てることしかできないのだろうか。

かつて憧れていたあの子が苦しんでいる様を、見ていることしかできないのだろうか。

「じゃあ、そういうことだから、後でまた楽しみにしてるよ？」

考える時間などない。

気付いた時にはもう教室に到着したので、俺は彼女に何も言うことができなかった。

しかもメアリーさんは、あえて場を乱すように……わざとらしく、声を張り上げてこう言った。

「うわぁ！　コウタロウ、すごく『イケメン』ダヨー！」

その言葉で、教室にいたクラスメイトが一斉にこっちを見る。

メイクされた俺の姿を見て、みんな驚いていた。

「ふむ。結構、変わりますね。悪役としての華が出て何よりです」

「お、おお……おにーちゃんが、おにーちゃんじゃないっ！」

特に、俺と交流のある仁王さんと梓は声をかけてくれた。

キラリの化粧技術はかなり高いのだろう。他のクラスメイトたちにもジロジロと見られて、少し居心地が悪い。

「……むむっ」

しかし、意外なことに……教室にはただ一人だけ、不満そうな子がいた。

しかもそれは、しほだった。

「ちょ、ちょっと来て！」

彼女は珍しく慌てた様子で俺の方に駆け寄ってきて、不意に腕を掴んできた。何をするのかと見守っていると、そのまま引きずって教室の外に出て行こうとしていた。

「どこに行くんだ？」

「いいから、来てっ」

ズルズルと引きずるように、しほが俺を外へと連れ出す。

そうして到着したのは、校舎裏だった。

文化祭とは縁のない静かなここで、彼女はようやく足を止める。

「…………」

しかし何も言わずに、ちょっと不満そうな顔をしていた。

「ど、どうかした？」

「いえ……うん。そうよね、あまりこういうこと言っちゃうと、重いって思われちゃいそうだから、我慢しないとね」

「そんな言い方されると、余計に気になっちゃうんだけど」

「……うにゃー！　そうよね、とりあえず先に言っておくけれど、ちょっとやきもちを妬いただけなんだからね!?　女の子にキャーキャー言われている幸太郎くんが気に入らなくて、思わず二人きりになりたくなった――そういう理由があったことは事実よ？　でもね、勘違いしないでね？　わたしはとにかくあなたが大好きだから、嫉妬しちゃっているだけなのよ？」

　怒っているように見えるけど、よくよく話を聞いていると、しほらしい内容で……自然と頬が緩んだ。

　メアリーさんのせいで冷えていた感情が、熱を取り戻していくような。

　しほのおかげで、不必要に強張っていた体から力が抜けた気がした。

「メイクも……いえ、これは伝えるべきではないわね」

「メイク？　もしかして、あまり好きじゃないのか？」

　しほがイヤなら、すぐにでも洗い流してくるけれど。

「ううん、大丈夫。まぁ、普段の幸太郎くんの方が好きなのは事実よ？　でも、そこまでしなくてもいいわ。あなたの意志を、束縛したいわけじゃないもの」

　……あれ？

しほにしては歯切れの悪い言葉が、少し引っかかった。

良い意味でわがままで、自分に素直で、感情に逆らわないところがしほの魅力だ。遠慮なんてらしくない——と、そう思って指摘しようとする。

しかし、それをするには……俺の状態が、あまりにも悪かったようで。

「とはいっても、わたしのやきもちなんて些細なことよ。あなたをここに呼び出した理由の一つでしかないわ」

「他にも理由があるってことか？」

「ええ。だって、幸太郎くんからとても苦しそうな音が聞こえるもの……何か、悩んでいるのでしょう？　辛いことがあったのでしょう」

——気付かれていた。

しほに言えるような内容ではないから、黙っていようと思っていたのに。

彼女に『かつての女友達が苦しんでいて、助けてあげられない』ことを相談することなんて、したくなかったから。

「…………ごめん」

内容はどうしても言えなくて、俺にできたことが謝ることだけだった。

しかし彼女は、そういうことを求めていたわけじゃないらしい。

「謝らなくていいわ。お説教をするつもりなんてないの……幸太郎くんにだって、言えないことがあるのは分かっている。それを聞き出そうとは思わない……いえ、本当はあなたの全てを知りたいけれどね？　でも、わがままが言いたいわけじゃなくて」

分かっている。

しほは、とにかく俺のことを心配してくれていたのだ。

「だけど、困っているあなたを放っておくことなんてできなかった。『一人で苦しまなくてもいいからね』って、言いたかったの」

そう言って、しほはニッコリと笑った。

やきもちを妬いている顔も好きだけど……俺はこっちの方がやっぱり好きだ。

「何があっても、わたしはあなたの味方だからね？　幸太郎くんは、幸太郎くんが正しいと思うことをすればいいの。もし、その選択が間違っていたら、ちゃんと訂正する。悪いことをしたら叱ってあげるし、良いことをしたら褒めてあげるわ。わたしがちゃんと、あなたを見ている……それだけは、ちゃんと分かっててね？」

――その言葉が、背中を押してくれた。

「……ありがとう」

狭まっていた視界が、一気に広がったような。

一面を覆っていた霧が、風で吹き飛ばされたような。

スッと、気持ちが晴れて……思考がクリアになった。

しほの言葉はいつも俺を助けてくれる。

「俺、がんばるよ」

そう伝えると、しほはちょっとだけ何か言いたそうに、笑顔を曇らせた。

だけど、それは一瞬のこと。

「えっと……いえ、そうね。うん、応援しているから……！」

すぐにいつもの笑顔に戻ったしほは、俺の握りこぶしを包むように握ってくれた。

「何があっても、あなたはわたしの『主人公』なんだからっ……幸太郎くんを、信じているわ」

……そういえば最近、『信じている』とよく言われるようになった気がする。

その信頼にちゃんと応えよう。

しほをこれ以上心配させないために。

多少強引な手段を使ってでも……俺は、キラリとの関係をしっかり清算しないといけないと思った――。

◆

『幸太郎くんは、幸太郎くんが正しいと思うことをすればいいの』

そう言われて、頭に浮かんだのはこんなことだった。

『しほに相応しい、かっこいい人間でありたい』

それが俺の考える『正しいこと』だった。

でも、キラリの件を見逃しているような人間が、かっこいいわけがないから。

(傷つけてでも、傷つけられてでも、彼女をちゃんと救う)

それが俺の、やるべきことだったのだ。

しほに遠慮して、躊躇して、結局悩んでばかりで何も行動しない……そんな中途半端なことをしていては、彼女の想いに失礼だと思ったのである。

それに、いつまでもキラリへの想いを引きずるのもやめたかった。

ちゃんと『けじめ』をつけなければならない。

俺に謝った梓のように……過去と決別する必要性を感じた。

だって、俺も……しほのことが大好きである。

この感情はきっと、受動的ではない。能動的で、ちゃんと俺が抱いている本心である。

（いいかげんに、彼女を待たせるな。文化祭が終わったら、ちゃんと想いを伝えよう）

そう決意して、改めて自分に気合を入れる。

ベッドから降りて、手早く身支度を済ませる。

さて、いよいよこの日を迎えた。

演劇の当日。指示された通り、早めに家を出ると……予想通り、黒塗りのリムジンがそこにはあった。

「やぁ、指示通りの時間にありがとう。忠実なのはいいことだねぇ。ワタシのワンちゃんと同じくらいのお利口さんだ」

車内に入ると、足と腕を組んでふんぞり返っているメアリーさんに出迎えられた。

「いくらなんでも早すぎじゃないか？　まだ六時なのに」

「いやいや、ワタシとしてはもっと早くても良かったんだけどね？　今日の打ち合わせをしっかり行っておきたいからね……何せ、いよいよワタシの物語が完成するんだよ？　眠ってなんかいられないだろう？」

興奮しているのか、メアリーさんは頬が微かに赤かった。

「すじがき通り、物語は進行中。伏線は既に張り巡らしている。前振りもきちんとした。

パーツは既にできている。後はもう、組み立てるだけ」

まぁ、機嫌がいいのも当然か。

だって……メアリーさんの思い描く『ざまぁ系ラブコメ』が、ついに集大成を迎えようとしているのだから。

「ワタシだけを愛すると決意したリョウマは、愚かにも他のサブヒロインを捨てた。自分の思いが成就すると信じて疑っていないうぬぼれ屋は、文化祭に告白を決意する。でも、メインヒロインはなんと、他の男の子――コウタロウを好きになってしまう。彼はただのモブキャラだけど、リョウマが大嫌いな人間だった。敗北に打ちのめされたリョウマは切り捨てられたサブヒロインたちにすがりつくも、まったく相手にされずに捨てられてしまう。しかも、実はサブヒロインたちは過去にコウタロウと縁の深い女の子たちばかり。義理の妹、幼なじみ、大親友だったという三人の女の子は、時を経てまたコウタロウの魅力に気付く。彼女たちは一度裏切ったことを泣いて謝りながら、モブキャラだった少年のハーレムに加わる。こうしてコウタロウは、メインヒロインだけでなく、サブヒロインたちまで手に入れ、幸せな生活を送る。一方リョウマは、後悔に打ちのめされながら、自分がいかに恵まれていたかにようやく気付いて、過去にすがりながら一人で惨めに生きていく。人生はうまくいかず、あの時にこうしていれば良かった、ああすれば良かった、なんて悔やみながら、寂しい人生を過ごす――という物語を見た後で、ワタシはこう言うんだ……」


まくしたてるように言い切った後、あえて間を作るように息を吸うメアリーさん。

そして、ためた後に発したセリフは、いつもの『あれ』だった。


「――ざまぁみろ、ってね？」


決めゼリフもバッチリである。

ここまで言い切って、色々とスッキリしたのだろう。

「さて、そういうわけだから……最後の仕上げが上手くいくように、しっかり動いてくれよ？　物語の奴隷らしく、クリエイターの思惑通りに……ね？」

やけに清々しい顔で、今日の流れについて話を始めるのだった。

そんなメアリーさんの様子を注意深く観察しながら……頭の中では、どうやって彼女のシナリオを壊そうか、思考を回していた。

反逆の種はちゃんと蒔(ま)いた。水をやって、芽吹き、順調に育って……そろそろ実ろうとしていることだろう。

メアリーさんは、自分の本当の想いに気付いた時——竜崎（りゅうざき）の告白を断れるのか。

竜崎が不幸になって、ざまぁみろ——ではなく。

竜崎と結ばれて、めでたしめでたし——にする。

歪んだ復讐劇を、ただのありふれた恋物語にする。

自分が『クリエイター』ではなく、ただの『恋するヒロイン』だと自覚した時、果たしてメアリーさんはどんな顔をするんだろう？

それは少しだけ、楽しみだった——。

第八話　アタシの恋(ラブコメ)をバカにするな

——いよいよ、演劇が始まる。

文化祭二日目。一般参加もある本日、一年二組による最初で最後の演劇が行われようとしていた。

「ふぅ……」

息をつく。柄にもなく緊張しているようで、手が震えている。

思い返してみると、こうして注目を浴びるのは初めて——でもないか。

宿泊学習の時も、そういえばしほのために舞台に上がった。

あの時に比べたら全然平気かもしれない。

……しほはたぶん、どこかにいるんだろう。

ふと彼女の顔が見たくなったけど、舞台袖にその姿はなかった。

でも、彼女の残り香はある。

舞台の一部、装飾の施されたその一角には……形が不揃いな折り紙のリボンがあった。

不器用ながらに一生懸命折ったのであろうそれを見ると、心が安らぐ。
これは、あの子が望んだ舞台でもあった。
俺のかっこいいところが見たかったと、彼女は言っていた。
この座は、あの子が俺のために手を挙げてくれたから、獲得できたものである。
だから今度は、俺ががんばる番だ。
メアリーさんの思惑とか、キラリの失恋とか、そういうのは一旦忘れてしまおう。
今はただ、しほのために役を演じよう。
しほに相応しい『かっこいい中山幸太郎(なかやまこうたろう)』であるために。

――カチッ。

意図せずして、スイッチが入った。
久しぶりの感覚と同時に、内側から自分じゃない何者かが侵食してくる気配を感じる。
(じゃあ、悪役として……物語を盛り上げようか)
その瞬間、まるで俺が俺じゃないかのように、変わった。
しほにはスイッチを切り替えるのはやめてほしいと、言われたけれど。

『幸太郎くんは、幸太郎くんが正しいと思うことをすればいいの』

その言葉で吹っ切れることができた。

（しほ、ごめん……今日だけ、だから）

しほに相応しい『かっこいい中山幸太郎』になるために。

こうしないと、これからやろうとしていることができないから、あえてスイッチが切り替わるのを止めなかった。

かくして、中山幸太郎は悪役へと成り変わる——。

◆

そして、終幕のベルが鳴り響いた。

舞台上で演者が並び、観客席に一礼する。

その瞬間、大きな拍手が会場に鳴り響いた。

演技の様子は面白みがなかったので割愛させていただこう。

ただ、伝えるべき情報があるとすれば……中山幸太郎の演技は、まるで人間が変わったかのようであった、ということくらいだろうか。

舞台上の俺は、観客が苛立つような悪役を見事に演じ切っていた。

まるで、自分が自分じゃないかのような悪役っぷりだったのである。

さて、演劇は終わった。

しかしそれは、開幕を知らせる合図でもあるわけで。

ここからがきっと、本当の始まりである。

メアリーさんが心から愛する『ざまぁ系ラブコメ』が、山場を迎えるのだから——。

『君はいったい、誰なんだ?』

そう問いかけられてからずっと、浅倉(あさくら)キラリは考えている。

(アタシはいったい、あたしなの?)

彼女は自分が分からなくなっていたのだ。

(りゅーくんに出会ってから、あたしは……アタシになった)

きっかけはよく覚えている。

高校の入学式。竜崎龍馬(りゅうざきりょうま)という少年に出会って、彼女は自分を変える決断をした。

『外国っぽい感じが好きかもしれない。黒髪も嫌いではないんだがな』

好きなタイプを聞いた時に彼はこう言った。

キラリはその言葉通りに髪を金色に染めて、カラーコンタクトをつけて、性格も外国の人っぽく明るくした。

容姿も、内面も、全てを捻じ曲げてでも龍馬に気に入られようとした。

おかげで仲良くはなれたのだが……結局その思いが実ることはなく。

（そっか。あの時だ……宿泊学習の時にりゅーくんの思いを知って……いや、それだけじゃない。アタシは……こーくんを見て、自分がよく分からなくなった）

好きな人だけが理由ではなかった。

友達と思っていた少年の成長を見て、彼女は奥歯をかみしめた。

（こーくんはかっこよかった。中学時代よりも、ずっと魅力的になっていた……でも、アタシは？　今のアタシは、本当に中学時代の時よりも素敵になっているの？）

みんなの注目を浴びながらも、一人の少女を守っていた彼はとても素敵だった。

きっとその変化は、霜月しほのおかげなのだろう。

（こーくんは、自分を認めてくれる人に出会ったんだ……いいなぁ）

二人の関係性を、彼女は羨ましく思っている。

龍馬とそんな関係を築けなかったキラリには、その光景が眩しく見えた。
（アタシも、こーくんみたいになりたかった……）
報われたい。片思いだけじゃイヤだ。
認められたい。あなたのために全てを捧げたこの思いを、褒めてもらいたい。
愛してほしい。だってこんなに、好きになったのだから。
でも、キラリが好きになった少年は、ずっと振り向いてくれない。
どんなにがんばっても、龍馬は見てくれない。
見た目も性格も龍馬のために変えたのに、好きになってくれないのなら……キラリが、
『キラリ』でいる理由が分からなかった。
そのせいで自分を見失ってしまったのである。
（中学生の時は、こうじゃなかったのに）
最近、彼女は当時をよく思い出すようになっていた。
最初は友達がいなくても平気だった。
大好きな物語に包まれていれば、怖いことなど何もなかった。
でも、ある日……彼と出会ってから、人と関わるのも悪くないと思うようになった。
（こーくんと出会ってから……アタシは、弱くなった）

幸太郎が、初めての友達だった。

彼がいたから他人に興味を抱くようになった。

彼のせいで、一人が寂しいと感じるようになった。

そして龍馬と出会って――恋に堕ちた。

運命の人と思い込み、この人とずっと一緒にいることを夢に見るようになってしまった。

おかげでもう……孤独でも苦痛じゃなかったあの時の自分に、戻れなくなった。

だったら、道は一つしかない。

(このアタシが、『アタシ』でいるためには――りゅーくんに、愛されるしかないんだ)

だから彼女は決意した。

(告白する……それでりゅーくんに、愛されてやるっ)

文化祭が終わったら、すぐにでも。

思いを伝えて、結ばれたい。愛してほしい。褒めてほしい。

こんなキラリを、受け入れてほしい。

そう、思っていたのに。

「メアリー。俺、お前のことが好きだ……付き合ってくれないか?」

彼女は見てしまった。

好きな人が、告白をする瞬間を。

（そんな……っ）

告白すら、させてもらえなかった。

演劇が終わって、ずっと二人きりになる機会を探して龍馬の後を追いかけていたら、人のいない校舎裏で彼は告白をした。

もちろん、その相手は自分ではない女の子だった。

（そんなの、酷い）

絶望する。物陰に隠れていた彼女は、地面にへたりこんで唇をかみしめた。

龍馬のために変わったキラリを、龍馬が愛してくれないのであれば……もう、キラリが『キラリ』でいる理由が、なかった。

こんな時に幸太郎の問いかけが頭に浮かぶ。

『君はいったい、誰なんだ？』

（アタシは、あたし？　それとも……アタシ？　あたしが、アタシで……なにこれ？　なんかもう、どうでもいいや）

その答えは、彼女本人にも分からなかった——。

——いったい、どれだけの時間が経ったのだろう。
長いようで、短いような。そんな空白の時間が、続いていた。
「…………」
無言で、校舎裏の一角に座りこむ。
さっき、大好きな人が告白していた場所だった。
（霜月しほの時は、見て見ないふりできたけど……もう、ムリかも）
今までの全てを否定された気分だった。
好きになってもらいたくて尽くしたけれど、無意味だった。
もう、何も分からない。分かりたくない。分かることなんてできない。
自分が誰なのか。これからどうすればいいのか。
何を目的に、どんな顔で、どんな選択をすればいいのか、分からない。
（教えてよ……誰か、アタシのことを、あたしに教えてよっ）
認めてほしい。救ってほしい。支えてほしい。すがりつかせてほしい。
浅倉キラリは、とにかく誰かに『依存』したかった。
そんな時である。
彼が、現れたのは。

「……おいおい、どうしたんだ？」

声が、聞こえた。

ハッとして顔を上げると、そこにいたのは……かつての『男友達』だった。

「そんなに落ち込んで、何かあったのか？」

心配そうな顔で、彼は歩み寄ってくる。

「大丈夫か？　元気出せよ、キラリ……なんでも言ってくれ。俺が、お前を助けてあげるから」

まるで、依存してもいいと言わんばかりに、優しく笑いかけてくれていた。

（こーくん……！）

目の前にいたのは、地味な少年だった。

でも、今の彼はとてもキラキラして見えた。

まるで白馬の王子様である。

一番辛い時に来てくれた少年に、キラリは思わず泣きそうになった。

（そっか。アタシが大切にするべき人は……こーくんだったんだっ）

間違えていた。龍馬しか見えなくなっていて、彼の好きな人になってしまった。

でも、

（これからはこーくんのために生きよう。彼のために、アタシの全てを捧げるっ）

改めて、決意する。

自分というヒロインを救ってくれた少年を、好きになろうと心に決める。

「キラリ。俺が、そばにいるからな」

彼は、優しい笑みを浮かべて手を差し伸べてくれていた。

キラリも手を伸ばして、すがりつこうとする。支えてもらおうとする。依存しようと、手を伸ばす。

しかし……その手が掴んだのは、虚空だった。


「――なんて、言うと思ったか？」


手が、消える。

否、キラリが掴もうとした瞬間にかわされた。

「…………え？」

助けてくれると思っていた。これからの生きる指針にしようと思っていた。

でも、そんな想いを全て、目の前の少年は踏みにじったのだ。

「惨めだな。キラリ……悲劇のヒロイン気取りか？　傷ついて、悲しい自分に浸って、その足で立ち上がろうともせずに、救いの手を待ち続ける……哀れだな。もういいかげんに、夢を見るのは終わりにしろ」

――違う。

キラリは、首を横に振る。

今は、そんな言葉が聞きたい気分じゃない。

もっと甘やかしてほしい。優しくしてほしい。慰めてほしい。大丈夫だよと、なだめてほしいのに……！

「やっぱりまだ依存しようとしてるのか？　くだらない……お前の人生を、物語を、誰かの手に渡すなよ」

――痛い。

心が、痛い。

（こーくん、今は違うよ……そうじゃないでしょ？　あたしは、アタシは、とっても傷ついてるんだから、さらに傷つけるようなことは、ダメなのにっ）

場違いだと思った。

望んでいない言葉に、思わずキラリはこう言ってしまった。

「そんなこと、言わないでよ……」

自分でもびっくりするくらい、震えた声だった。

しかし、目の前の少年は容赦しなかった。

「甘えるなよ。俺はお前のヒーローじゃない。主人公じゃない。よく聞けよ……中山幸太郎にとって、浅倉キラリはヒロインじゃないんだ。それなのに、救ってもらえるなんて思うな。すがりつこうとするな。依存なんて、するな」

否定される。

思いの全てを、拒絶される。

「ただ、それでも俺に甘えたいのなら……すがりつきたいのなら、依存したいのなら、這いつくばれ。頭を下げて媚びろ。それが望みなんだろ？　他人を生きる理由にしたいんだろ？　それはつまり、そういうことなんだよなぁ？」

見下されていた。

嘲笑されていた。

揶揄（やゆ）されていた。

愚弄されていた。

つまり、中山幸太郎は浅倉キラリを、こう思っていたのだ。

「可哀想なサブヒロインに、恵んでやるよ。愛情がほしいんだろ？　全てはあげられないけど、まぁ一部くらいならくれてやってもいい。昔の縁もあるし、たまに話しかける程度のことはやってもいいぞ？　だから、懇願しろ。お前のできる最大限の誠意を見せろ。そうしたら、生きる理由になってやるから」

哀れで、惨めで、情けない——まるで『報われないサブヒロイン』だと、彼は認識しているようだ。

「自分で自分が何者か分からないような弱い人間なんだから、プライドなんてないだろ？　だったら、頭を下げてみろ。そうしたら、俺が救ってやる。お前は結局、一人では生きられない可哀想な人間だからな。何が『竜崎龍馬に自分の全てを捧げたくなった』だよ……キラリ、お前の想いは『恋』なんかじゃない。ただ『依存相手』を探していただけだ」

——っ！

その時、何かが爆発した。

ずっと奥に引っ込んでいた感情があふれ出して、自分の中を駆け巡る。

——違うっ！

そうじゃない。こんな結末を望んでいたわけがない。

——バカにするなっ！

浅倉キラリを、侮辱するな。

心から湧き上がるそれは『怒り』という感情だった。

「……イヤだ」

震える声が、自然と漏れる。

しかしその声はまだ小さく、幸太郎に届いてなかった。

「え？　なんだって？」

なおもバカにするような態度で、さらにキラリは爆発した。

「『イヤ』だって、言ったの！」

だらけきっていた体に、活力がみなぎる。

全身が熱かった。はらわたが煮えくり返っていた。

もう、自分を抑えることはできなかった。

「頭を下げろ？　何様だ……うぬぼれるな！　あたしを……アタシを、見下すなっ。同情するな！　可哀想だなんて、言うな!!」

叫ぶ。立ち上がる。目の前の少年のほっぺたを、思いっきり叩く。


バチンッ！

乾いた音が鳴り響く。しかしキラリの感情は収まらない。衝動に身を任せて少年の胸倉を掴み、そのナマイキな顔にもう一度叫んだ。

「アタシを、バカにするな!!」

確かに、キラリは惨めだ。失恋した負けヒロインだ。

でも、だからってバカにされるのは、許せなかった。

「アタシの恋(ラブコメ)を……物語を、否定するなっ」

そう。彼女だって、物語を持っている。

失敗も多いし、見るに堪えない駄作かもしれない。

でも、だからって否定されたくなんてない。

だって彼女は、がんばっている。

幸せになりたくて必死に積み重ねてきた物語なのだ。

「あんたには分からないでしょ!?　自分の全てを犠牲にしてでも、愛されたいと願うアタシの気持ちを!!」

叫ぶ。

吠える。

自分の感情を、目の前の少年に思いっきりぶつける。

「愛してもらえるなら、たとえ『あたし』が『アタシ』になろうと、関係なかった……それくらい人を好きになったことが、あんたにはあるの!?」

あの日のことは、昨日のことのように覚えている。

高校の入学式、初めて出会った竜崎龍馬という少年に、一目惚れした。

運命の人だと、直感した。未だにその理由は分からない。でも、特定の誰かを好きになったのは初めてで、絶対に両想いになりたいと願った。

彼女は昔から、好きなことに対して熱中するクセがあった。

中学生の時は『物語』が好きで、ずっとそれに浸っていた。

それだけが彼女にとっての全てだった。

高校生になってからは、『竜崎龍馬』がその対象になった。

とにかく彼に夢中になった。

龍馬が、心から大好きになった。ただそれだけだ。

この気持ちは、バカにされていいものなんかじゃない。

依存相手を探しているだけ？

そんなわけがない。そうであっていいはずがない。

「好きな人と結ばれたいって思うことが、そんなに悪いことなの？　そのために自分を捻じ曲げてでも、好きな人の好きな人になろうと努力することは、いけないことなの？」

恋をして、思いが実ってほしいと願って、そのために努力をする——キラリがやったことは、たったそれだけのことだった。

なのに、目の前の少年はそれを否定した。

キラリの努力や思いに唾を吐いて踏みにじった。

それが、許せなかった。

「ねぇ、こーくん……教えてよ。あんたはどうして、アタシをバカにする？　言ってよ。ねぇ、ちゃんと答えてよ……中山幸太郎!!」

怒鳴る。感情に任せてもう一度ほっぺたを叩いてやりたい気分だった。

「なんとか言ってよ……」

一方的な暴言に気後れしそうになる。

だけど、目をそらすことも、彼は許してくれない。

胸倉を掴まれた少年は、しかしキラリから目を逸らすことなく、まっすぐに見つめ返していた。

「だったら——結果を出せよ。戦いもせずにギャーギャー喚くだけで何かが変わるか？

形になっていない努力で満足するなよ」

その鋭い言葉が、キラリの胸に突き刺さる。

確かにその通りだと思ってしまったのだ。

努力しただけで満足したと思ってしまったのだ。

「挙句の果てには、俺程度の人間で妥協しようとするその『ラブコメ』がバカにされないと思ってるのか？　そういうところが、弱いんだよ。もっともっと、足掻けよ……このまだと、哀れで惨めなサブヒロインのままだぞ？」

――イヤだ。

サブヒロインのまま終わるなんて、そんなの許せない。

「そこで終わっていいのなら、俺が寵愛を施してやるって言ったんだ。残念ながら、俺は中学生の時にお前を友達と思っていたからな。そのよしみで、生きる理由をくれてやる。嬉しいだろ？　サブヒロインに相応しい結末だろ？　だから、喜べよ。いつもみたいに愛想よく笑えよ。へらへらして、俺の機嫌を損なわないように媚びろよ」

少年はなおも嘲笑っている。

どんなに叫んだところで、キラリの想いは伝わらないのだ。

なぜなら、キラリはまだ戦ってすらいないのだから。

「――今に見てろよ」

怒りが、頂点を越える。アタシを、あたしを、見てろよ！」

負けたくないと、思った。

「中山幸太郎……アタシを、あたしを、見てろよ！」

「あんたに、見せてやる……アタシが、サブヒロインなんかじゃないってことを!!」

この少年の思い通りにならないと、そう誓った。

これは、浅倉キラリの『意地』である。

「ようやく、分かった。アタシは『あたし』だ……昔も、今も、変わらない。あたしはいつも『アタシ』なんだ！」

容姿が変わっても、性格が変わっても、思想が変わっても、浅倉キラリは『浅倉キラリ』である。

何もかもが変わっても、キラリは『キラリ』のままだ。

そのことに気付いた彼女は、胸を張って堂々と宣言してやった。

「『好き』って言わせてやる……りゅーくんと、両想いになってやる！　それで、あんたを見返してやる！　アタシの想いを、二度と否定できなくしてやる‼」

そう言って、乱雑に少年を振り払う。胸倉を掴まれていた彼はよろめくように体勢を崩して、地面に倒れた。

そんな彼を見下ろしながら、キラリはもう一度叫ぶ。

「――アタシを……あたしを、しっかりと見てろよ！」

もう二度とバカになんてさせない。

自分の物語を否定なんてさせない。

その決意を言葉にして、少年を睨んだ。

これは喧嘩だ。言いたいことは言い切った。手も出した。傷つけた。だから今度は彼の番だと、キラリは身構える。

先に手を出したのは自分だ。やり返されても仕方ないと思っていた。

しかし、彼は……。

「そうか」

――何も、しなかった。

「俺を見返したいのなら、ぜひそうしてくれ」

明らかに彼は、怒っていなかった。

いや、それどころか……その態度は、どこか嬉しそうにも見えてしまった。

「っ……意味、分かんない」

拍子抜けだった。キラリはため息をついて少年から目を逸らす。

獣のように吠えて暴れた自分に対して、彼はずっと冷静で。

そういうところを見ていると、自分がとても情けなく思えて……キラリはもう、この場にいることができなかった。

「…………」

そのまま、踵(きびす)を返す。

何も言わずに、校舎裏を歩き去る。

——絶対に、幸せになってやるっ。

心の中に激情の炎を灯して、彼女は前に進み続ける。

もう、その足取りに迷いはなかった——。

◆

ほっぺたが熱い。さっき叩かれたせいで、少し熱を持っていた。

「ふぅ……疲れた」

慣れないことをしたせいか疲労感が強い。

でも……キラリが再び前を向いてくれた。

それでこそ、キラリである。いや、そうでないと、キラリじゃない。

(悪役のスイッチを入れた甲斐があったよ……)

彼女を助けるには、こうすることしか俺には思いつかなかった。

あえて怒らせて、奮起を促す——そのために、普段の俺には言えないようなことをたくさん言う必要があった。

しほに相応しいような、かっこいい中山幸太郎ならキラリを見捨てたりしないはずだから、『悪役』というキャラになることで、彼女を傷つけることを実行した。

おかげでキラリは、かつての姿を取り戻してくれた。

他者に媚びることで自分の価値を維持するのではなく。

他者に関係なく自分を信じる——そんなキラリに、俺は強く憧れていた。

また、あの時のキラリを見ることができて、良かった。

もう、俺は彼女と他人でしかないけれど。

かつては確かに『友達』だった。いや、それどころじゃない……俺はキラリのことを

『親友』だと思っていた。

だから、やっぱり彼女には不幸になってほしい――なんて思えなくて。

竜崎への想いを諦めないでほしかった。

だってキラリは心からあいつが大好きなんだろう？

だったら、がんばってくれよ。しっかりと幸せになってくれよ。

この先もきっと、彼女は茨の道を進むだろう。今だって彼女の物語には『痛み』が満ちている。それに耐えきれなくて、挫折しそうになっていた。

でも、どうかその痛みに耐えてほしい。

我慢できなくなったら、俺への『怒り』を思い出して、戦い続けてほしい。

どうか、俺を見返してくれ。

言葉じゃなくて結果で、俺に敗北を与えてくれ。

その時は、土下座でもなんでもする。

俺を不要に思ったくらい、竜崎のことが好きになったのなら。

俺が羨ましいと思うくらいの幸福を、手に入れて見せろよ。

それが、元親友としての願いだ。

色々あったけど……もう、俺が心配しなくてもキラリは大丈夫だろう。

後は勝手に幸せを掴んでくれるはず。彼女にしてあげられることは何もない。

だから、そろそろ悪役としてのスイッチを切ろうとした。

「………あれ？」

でも、不思議なことに……いつまで経っても、あの音は聞こえてこない。

その代わりに聞こえてきたのは、自分の声だった。

(まだ終わりじゃねぇよ)

心の奥底に潜んでいた俺が、憎悪にまみれた音を発する。

(メアリーさんと竜崎がまだ残ってるじゃねぇか)

悪役のスイッチを切るのはまだ早い――と。

(お前は、なまぬるい手段でしほを守れると思うのか？)

違う人格が、俺を支配する。

その時にやっと『どうしてしほがスイッチを切り替えることをイヤがっていたのか』を、
理解することができた。

だって……俺が、俺じゃなくなるから。

「――くそっ」

抗おうとする。

だけど、悪役という役割に飲まれた俺は、消えてくれなかった。

そんな時に、最悪なことは重なるもので。

「……なんで？」

恐らくは、隠れて俺たちの様子を見ていたのであろうメアリーさんが、不満そうな顔で登場したのである。

このタイミングで出てきてほしくなかった。

「余計なことをしないでほしいんだけどねぇ……ワタシのシナリオ通りじゃない」

普段の俺なら穏便な言葉を発していただろう。

だけど、今の俺は、俺じゃないから。

「言われた通りにやったはずだけどな。俺はキラリを受け入れようとしたぞ？　それを拒んだのは、あっちだ」

挑発するように、メアリーさんをイラつかせるセリフを発していた。

「あのまま俺に媚びてくれたら、受け入れてやるはずだったんだけどなぁ……いやぁ、残念だ。キラリは俺程度の人間では物足りないらしいぞ？」

まさか言い返されるとは思っていなかったのだろう。

「……飼い犬に手を噛まれた気分って、こういう時に使うんだねぇ」

メアリーさんは少し、冷静さを失っているように見えた。

「――アズサみたいに受け入れると思ってたのに。コウタロウはそういうキャラだろう？　他人を傷つける勇気がない、誰でも受け入れてしまえる『優しさ』だけが取り柄のモブキャラだったはずだけどね」

「それはどうも。褒めてくれて嬉しいよ……ははっ。そうだな、優しさだけが取り柄っていうのは、あながち間違ってない。でも、勘違いするなよ？　俺は聖人じゃない。梓を受け入れたのは家族だからだ」

言う必要がないことまで、口にしてしまう。

メアリーさんに伝えたところで意味がないのに、攻撃的な態度を崩せなかった。

「血は繋がっていないけど、梓は心が繋がってる大切な人だ。だから傷つけられても許すし、傷ついたら慰める。だって、誰よりも近くにいる人間なんだから、当たり前だろ？」

でも、キラリは他人だ。

「彼女の人生に俺が干渉する理由がない。家族でもなければ、今はもう友達ですらない。それなのに、『無条件に受け入れろ』なんて難しいこと言うなよ」

手あたり次第に他人を救えると思っているほど驕っていない。

竜崎みたいに無責任な優しさを振り回すほど、愚かでもない。

「まぁ、それでも努力はした。受け入れるだけの理由と条件を提示してやった。だけどキラリがそれを拒んだ——今回はそれだけの話だ」

本当は受け入れる努力なんて当初から放棄して、とにかくキラリを怒らせようとしていたけど、それを認めるほどバカではない。

メアリーさんも俺の意図は分かっているだろう。だから非があることを認めさせて手綱を取り戻そうとしているけど、最後まで白を切ってみせた。

「ちっ……使えないなぁ」

珍しく苛立ちを隠さないメアリーさんを見て、俺はほくそ笑む。

「その顔が見たかったんだ……何もかもが思い通りに行くと思うなよ？」

無意識に喧嘩を売るようなことを言っていた。

こんなの……俺じゃない。

俺がこんなことを言うはずがないのに……！

(引っ込んでろ、お前は所詮ただのモブキャラだ……どうせ何もできないんだろ？　後は俺が何とかする)

違う『俺』が、心を支配する。

もう、自分で自分を制御できなかった——。

第九話　ざまぁみろ――ってね？

――久しぶりだな。

宿泊学習以来の自分に、懐かしさを覚えていた。

あの時はまだ、普段の俺でもしほを守れると思っていた。

でも……時間が経って、相変わらず何もできないでいる自分に、すごくイライラした。

メアリーさんが竜崎(りゅうざき)を好き？

だから二人が付き合えば、めでたしめでたし――で物語が終わる？

そうやって甘いから、お前はいつまで経ってもしほとの関係を進められないんだよ。いいかげんにしろ。

しほがあんなに肯定してくれたのに、まだ物語の端役でいようとするのか？

もういい。後は俺がやる。

悪役というスイッチが入ったおかげでせっかく違う自分になれたのだ。

情けないモブキャラの俺には引っ込んでもらって、ここからは『俺』が……メアリーさんの物語を、しっかりと壊すとしようか。

「くそっ……ま、まぁいいさ。一流のクリエイターは想定外の出来事にも対処できる。キャラクターが勝手に動き出すことなんて、別に珍しいことじゃない。あり触れた些事にすぎない……落ち着け、もう一度組み立てなおせばいいだけの話だ」

　メアリーさんは明らかに動揺していた。

「結局、リョウマが振られてしまえば、それでいい。その役割は三流役者のモブキャラではなく、ワタシがやるんだからね……失敗なんて、ありえないんだ。うん、だから大丈夫。ワタシのシナリオは、破綻しない……！」

　自分に言い聞かせるような物言いが、なんだか面白い。

　まぁ、そうだな。これからは俺ではなく、メアリーさんが役を演じる番だ。

　竜崎を振って、俺を好きと言う。竜崎は俺にメインヒロインをまたしても奪われて絶望する……そういうシナリオになっている。

　だから、失敗なんてありえない。

　ありえないはずなのに、メアリーさんは不安を隠しきれていないように見えた。

　相変わらずお前も『見えている』ようで何よりだ。

　その俯瞰的な目で俺を見て、不安なんだろう？

ただの駒だと思っていた協力者に裏切られたことが、かなりショックなんだろう？

俺は全ての計画を把握している。

お前の思考を、策を、全てを知っている。

だから、俺が邪魔をしてきたら対抗できない――って、心配なんだよな。

「……くれぐれも、何もしないでくれよ？」

「ああ、もちろん。俺は何もしない……いつものように、な」

「キラリの件は、見逃してあげよう。でも、次に何かワタシの意図と違うことをしたら……今度はしほの平穏がなくなることを、理解しておいてくれ」

「忘れたことなんてないんだけどな。俺はメアリーさんに服従しているぞ？　さっきだって裏切ったつもりはない。わんわんわーん。かわいいワンちゃんらしく、尻尾を振ってお手をしているだけなのに、どうしてそんなに怖がってるんだ？」

「口数が多いじゃないか。キミらしくないね」

「そういうそっちは、口数が少ないな。お前らしくない」

「――黙れ」

おっと。少し言いすぎてしまっただろうか。

今はまだ、冷静さがなくなる程度の動揺で十分だ。

しかるべきタイミングで彼女の理性を失うような——そういう一手を繰り出せば、それでいい。

中山幸太郎、まだ『待て』だ。

従順なワンちゃんらしく、大人しくしていろ——。

◇

——生まれながらに、全てを持っていた。

資産家の父を持ち、容姿に優れた母から生まれ、二人の才能を受け継ぎ、物覚えも良かった。やろうと思ってできなかったことなど何もない。

メアリー・パーカーは『天才』だったのである。

そんな彼女にとって『現実』とは作業の繰り返しだった。

何せ、なんだってできるのだから、当然だ。運動もコーチングされたことを完璧に習得できたし、勉強も一度教わった知識は二度と忘れない。ゲームでたとえると、彼女のパラメータは幼い段階でカンストしてしまっており、これからの人生はただの退屈な作業にしかならなかったのである。

しかし、そんな彼女が唯一、楽しめたことがあった。

それが『物語』だったのである。

（なにこれ、すごい……！）

退屈な現実と違って、物語はとても刺激に満ちている。

リアルに絶望した少女は、虚構(フィクション)の世界に夢中になったのである。

知識欲の旺盛な彼女は、あらゆる物語を知りたくて仕方なかった。アニメ、映画、ドラマ、小説、マンガ、演劇、などなど。形は関係なく、片っ端から物語を漁り続けた。

そんな日々が三年も続いた。

当時九歳の彼女は、しかしこの年齢で既に膨大な物語を熟知して、知らないことなどほとんどなくなっていた。

そんな頃である。メアリーに好きな『ジャンル』ができた。

（ざまぁみろ――！）

とある物語を読んだ。

復讐系の作品で、敵役を倒した主人公が幸せになるありふれた物語だ。

敵役のキャラクターは主人公との対決に敗北したことをきっかけに落ちぶれ、不幸になっていった。その結末に彼女は言いようのない快感を覚えた。

（もっと、もっと、もっと！）

以来、ざまぁ系の物語だけを読みふけるようになった。しかし彼女が永遠に楽しみ続けられるほど、そのジャンルの作品は大量にあるわけではなかった。

物語は、有限である。

無限の快楽を求める彼女にとって、その数はあまりにも少なすぎた。

（もっと、楽しみたいのに……！）

思い通りにならない現実世界に、もどかしさを覚える。

ざまぁみろ――その一言が言いたいのに、そうさせてくれる物語に出会えない。

それが、許せなかった。

手に入らないものがあることに、耐えられなかった。

だから彼女は探し続けた。

ありとあらゆる媒体の作品を漁り、自分が好むジャンルを見つけようと必死だった。

そんな、ある日のことだった。

（……あれ？　物語って、虚構の世界にしかないものなのかな？）

不意に、気付いた。

（現実って、設定が膨大にあって、ストーリーがグチャグチャで、キャラクターの関係性が複雑なだけで……ここにも『物語』は存在するんじゃないかな？）

そう。ついに彼女は、見つけてしまったのだ。

無限の物語に、メアリーは触れてしまったのである。

（だったら、ワタシが調整すればいい。設定を簡略化して、ストーリーを整えて、キャラクターを厳選すれば……物語が『見える』んじゃないかな？）

仮説に、メアリーは心を躍らせた。

もちろんそれは、普通の人間にはできないような難しいことである。

でも、彼女は天才だ。やろうと思えばなんだってできた。

だからメアリーには、できてしまったのだ。

（……完成、したっ！）

最初に作った物語は、両親の愛憎劇だった。

資産家の家にはよくあることだ。父親はお金のために勝手に決められた許嫁と結婚をしていた。彼には本当は好きな人がいたが、その人と添い遂げることはできなかった。

そして母親はお金にしか目がない性根の腐った人間だった。家柄が優れており、容姿が整っているだけで、彼女は醜い人間だった。夫のことを金を出す道具としてしか見ておらず、育児も家事も放棄して自分は若い男と遊び惚(ほう)けていた。

そんな母親を敵役にした。父親の思い人を探し、運命的な出会いを演出して、かつての恋心を想起させてから、しっかりと母親の不貞を暴いた。

もちろん彼女は黒幕だ。表には一切出ずに、裏で両親やその関係者を意のままに操った。

結果、できてしまった。

(ざまぁみろ!)

生みの母親の転落劇に、彼女は胸を躍らせた。

本物の愛を手に入れて幸せそうにしている父を見て、快楽に浸った。

でも、たったそれだけだった。

(あれ?　こんなもので、終わり?)

まだだまだこれから。

母親がさらに苦しみ、父親がもっと幸せになる……そういう物語を作りたかった。

だけどそれを阻まれた。

しかも、幸せになっていたはずの父親が……母親に同情して、手を止めたのだ。

『もうこれ以上、かつての妻が苦しむ姿を見たくない』

そんなバカみたいな感情論で、中途半端なままに復讐劇が終わったのである。

結果、メアリーはくすぶった思いを処理できないまま……物語に終止符が打たれてしまったのだ。

（こんなカタルシスのない終わり方、ありえない）

胸糞悪いわけじゃないが、爽快感もない。

ただ、物足りない気持ちだけが残っていて……そのもどかしい感覚は、やがて不快感となってメアリーを苦しめた。

（……なーんだ。現実なんて、結局はこんなものか）

一瞬でも、このくだらない世界に夢を見た自分を恥じた。

結局……どう足掻いても、意味などなかったのである。

処女作は、あと一歩物足りない『駄作』だった——。

◇

物語を楽しみつくした少女がやがて作る側になる——なんていうのは、ある意味では当然の流れなのだが。

しかし歪（いびつ）だったのは、メアリーが天才だったということだ。

きっと、虚構の物語を作っていたとしたら、後世に残るような名作を数多く生み出すことができただろう。それくらいメアリーのパラメータは振り切れている。

しかしなんでもできるが故に、彼女は現実を物語にしてしまった。

虚構を現実で表現してしまえたメアリーは……とても歪んだクリエイターになってしまったのである。

そして、さらに不幸なことに彼女は自分の作品に満足できなかった。

(いや、駄作が生まれてしまったのは、ワタシの技術が不足しているだけ……もっと腕を磨けば、きっと傑作だって作ることができるはず！)

そう信じて、彼女は物語を作り続けた。

幼少期のころは大人を使って、愛憎劇を中心にざまぁ展開を作り続けた。

思春期になると同級生で遊ぶようになり、スクールラブコメにハマった。大人と違って子供は単純で操りやすいので、それもまた彼女にとって都合が良かったのだ。

しかし、どんなに作品を作っても……彼女が満足のいくような物語にはならなかった。

(そうか。ワタシが悪いわけじゃない……現実が、悪いんだ)

そこでメアリーはようやく気付く。

この現実世界は、どんなに足掻いても退屈な『駄作』であることを。

(キャラクターが……モブキャラしかいない)

主人公が存在しなかった。

物語性のあるキャラクターがどこにもいないのだ。

モブキャラを主人公に仕立て上げても、彼らの限界値はあまりにも低く……やがて物語は退屈な方向に収束していく。

そのことに気付いたメアリーは、全てに絶望した。

（そっか。ワタシはもう……物語を、楽しめないのか）

虚構の作品では満足できなくなって。

せっかく、現実に物語を見出したのに。

その現実は、あまりにも夢のない世界観で。

（つまんない）

一時期、彼女は生きる意味が分からなくなっていた。

この先、何も楽しめない人生に価値があるのか——と、ずっと思い悩んでいた。

そんな時だった。

たまたま、父の仕事相手に日本人が現れた。

目の下のクマが印象的で、話しかけても素っ気ない、まるで機械のような無機質さを感じる女性だった。

『日本に興味がある？　別にここと大して変わらないが……そうだな。強いて言うなら、人間があまりにも不合理すぎる。『昔馴染み』とか『顔見知り』とか、そういうくだらない『縁』を大切にするバカみたいな国だ。損得ではなく『心』で動く人間が多いから、私は苦手だ。だからこうやって国外に出て働いている』

その言葉に魅力を感じたわけじゃない。

でも、違う思想が蔓延するその場所に行けば『世界』は変わるかもしれない——と、そんな期待をして日本に興味を持った。

『日本に行きたいのか？　そうか、お前が望むなら私が色々と手配してもいいぞ？　お前はただ日本に行けばいい。生活に必要なすべてを私がきちんと用意してやる……その代わりに『ナカヤマ』という名前は、忘れるな。いつかお前が偉くなった時に、配慮してくれればそれでいい』

そうして、うさんくさい日本人の手引きがあって、メアリーは日本にやってきた。

別に大した期待をしていたわけじゃない。

でも、わずかな可能性にかけて……主人公性のある人間を探した。

たとえば、ある日突然に空から落ちてきた少女とか。借金のカタに両親に売られた哀れな少年とか。異世界帰りの英雄とか。

美少女の幼なじみがいる上に女の子からモテまくるハーレム主人公とか。

そんな人間がいるわけないと思いながらも、ダメもとで探したところ……ついに、見つけたのだ。

(――いた！　竜崎龍馬(りょうま)は、ハーレム主人公だっ)

見つけた瞬間に心が躍った。

彼を使えば、メアリーの望む最高の物語を作ることができると確信した。

それからというもの、彼女は『ざまぁ系ラブコメ』を作るために尽力してきた。そしてついに、完成が間近となって……しかしそこで邪魔が入ったものだから、彼女は怒り心頭だった。

(コウタロウ……余計なことを、しないでよ)

思い通りにならなくて、イライラしていた。

モブキャラに邪魔されたことが酷く腹立たしかった。

(コウタロウがキラリを受け入れないから、ざまぁの度合いが小さくなっちゃったよ……はぁ、やれやれ)

あの少年はどこかおかしい。

どこからどう見てもモブキャラでしかないくせに、行動が伴っていない。

意思がある。信念がある。揺らがない強さがある。

本来なら何者でもないはずのモブキャラのくせに『自分』を持っている。

そんなモブキャラを、彼女は今まで見たことがなかった。

主人公にしてやろうと手を尽くしたモブキャラが何人もいたが……しかし、例外なく全員が変わらないままで。

モブキャラは、モブキャラのまま、人生を歩んでいたというのに。

幸太郎だけは、なぜかモブキャラらしからぬ行動をするのだ。

まるで、何者かが手引きしているかのように……幸太郎は、ただのモブキャラから違う『何か』に変化しようとしている。

（くそっ……まぁ、いい。キラリのことよりも、とにかくリョウマさえ不幸になれば……それだけできっと、素敵な物語になるはずだから！）

それを見届けることができたら、少しは気分もマシになるだろう。

そう思って、彼女は教室へと向かう。

先程告白された時は『少し待ってほしい』と回答を保留にした。一時間後に、空き教室で告白の返事を伝えることにしている。

なぜ時間を指定したのかというと、中山幸太郎と打ち合わせをしていたからだ。

この後、彼にも登場してもらう予定があったのだ。

ちゃんと山場のシナリオだって構築している。

クリエイターとして、やるべきことはしっかりとやっていた。

（少し予定はズレたけど……大丈夫。今回こそ、絶対に『駄作』にはならない）

いよいよ、この時が訪れた。

彼女が最も待ち望んでいた瞬間だ。

『ざまぁみろ』

その一言に飢えている。

その快楽を、彼女は強く欲していた――。

◇

ついにこの時がやってきた。

俺、竜崎龍馬は今日……メアリーに告白をした。

その返事を今から聞くことになっている。

『い、いきなりでびっくりダヨ……ちょっとだけ待ってもらってもいいカナ？　適当な言葉で、リョウマの想いに答えたくない。ちゃんと、ワタシの気持ちをリョウマに伝えられるようにするヨ！』

いつものように無邪気に笑って、彼女はそう言ってくれた。

あの眩しい笑顔を見ることができたから、俺は安心して待つことができるのだろう。

（断られるわけがない）

今からメアリーは、俺の気持ちを受け入れてくれるはずだからな。

「………………」

夕日が差し込む空き教室で、窓の外を眺めながら彼女が来るのを待つ。

文化祭もすっかり終わって、校内は後夜祭ムードだ。校庭では多数の生徒たちが集まって何やらイベントを楽しんでいる。

それを見ていると……どうしても宿泊学習のことを思い出して、胸が痛んだ。

「やっと、この痛みからも解放される……！」

メアリーの存在が、俺の満たされないこの想いを満たしてくれるはずだから。

「これで……しほへの片思いも、終わる」

メアリーと付き合うことになったら、きっと彼女に夢中になれるはずだ。

しほとは系統の違う美人だが、レベルで言うと同等……いや、肉体的な魅力で考えるとメアリーの方が上だ。

　運動ができて、成績も良くて、親も資産家で、だというのに性格はフレンドリーで……

外見も、中身も、生まれた環境も、全てがしほの上位互換と言っても過言ではないだろう。

　そんな女が、俺の物になるのだ。

「これで、中山への劣等感も――なくなる」

　やっと、だ。

　ようやく俺は、あいつに『負けた』と思わなくて済む。

　むしろ、メアリーを手に入れた俺の方が優れているので『勝った』と言えるだろう。

　このまま結婚すれば将来は安泰。

　いや、別れたとしても、彼女と恋人だったという実績は俺の自信になってくれる。

　色んな意味で……これからの未来において、メアリーは最高の存在だった。

　そのまま、待つこと数分くらいだろうか。

　待ち合わせの時間よりちょっと遅れて、メアリーがやってきた。

「ソーリー！　リョウマ、遅れちゃってごめんダヨ……」

「いや、大丈夫だ。気にしないでくれ」

　遅刻を咎めるなんて器の小さいことはしない。

そんなことはどうでもいい。

「それで、考えはまとまったか？　俺の告白に、答えてくれるか？」

「うん。ちゃんと言うヨ……ワタシの気持ち、聞いててネ？」

本当はすぐにでも答えを聞きたかった。

だが、呆気なく終わらせてはもったいないと、そう言わんばかりにメアリーは今までのことを振り返り始めた。

「出会いは、偶然だったヨネ。早朝、ワタシがペットの散歩をしている時ダヨ」

（……まぁ、いいか。ゆっくり聞いてやるのも、俺の役目だな）

本当はこんな無駄話に時間を割きたくなかったが。

せっかく恋人になる瞬間なのだ。

メアリーにも気持ち良い思いをしてほしくて、俺は話に付き合ってやることにした。

「そうだな。あの時は眠れなくて、気分転換に外を歩いていたら……いきなり、車道に犬が飛び出してきて、それを追いかけていたメアリーがひかれそうになっていた」

そして、俺が彼女の命を救った。

それが出会いだった。

「これが運命なのカナ!?　って……出会った時から、ドキドキだったヨ？　リョウマはあの時から、ずっとイケメンだったネ！」

「ははっ。まぁ、褒められると悪い気分はしないな」

こうやって褒めてくれると純粋に嬉しい。

小声とか、態度だけとか、そういう分かりにくいことをしないで、メアリーは素直に感情を表現してくれるから、ありがたかった。

結月（ゆづき）とか、キラリとか、それから梓（あずさ）もそうだったが……あいつらは分かりにくいのだ。

俺のことを好きなのか、嫌いなのかも、よく分からない。

だから、単純なメアリーと一緒にいた方が悩まずに済むので楽だった。

「それから、リョウマのお家でパーティーをしたり、一緒にデートしたこともあったネ！　後は、文化祭でなくしたものを見つけてくれたり、階段から落ちそうなところを助けてくれたり……あ、そういえば、お説教されたこともあったネ！　ほら、ワタシがキラリのことで悪い冗談を言っちゃったら、リョウマが怒っちゃって……」

「人の悪口なんて、メアリーには似合わないからな」

「ジョークのつもりだったけれどネ？　親にも叱られたことなんてなかったから、ビックリした……でも、嬉しかったヨ！　悪いことをしたら、悪いって言ってくれて、勉強になったカラ！」

「……そういう間違いは誰にだってあるからな。仕方ないことだ」

「HAHAHA！　そんなこんなで、毎日がすごく楽しかったヨ！」

「ああ、俺もだ……毎日が、メアリーのおかげで本当に楽しかった」

お互い、気持ちは通じ合っている。

これはもう、告白の答えは……聞かなくたって分かる。

相変わらずメアリーは分かりやすい女の子だった。

「だから、あのね……リョウマに告白されて、嬉しかったヨ？」

……ようやく、だ。

ついにこの時が、訪れた。

やっと、宿泊学習以降にずっと抱いていたモヤモヤを、晴らすことができる……！

「ワタシ、リョウマのことがね——」

メアリーが想いを口にしようとする。

その瞬間だった。

『ガチャッ』

ドアの開く音が聞こえた。

入口付近に視線を向けると、そこにはなんとあいつがいた。

（中山じゃねぇか！　なんてタイミングで登場してんだよ……っ）

俺の向かい側で、メアリーにとっては背後に、中山が現れる。

「え？　あ、っと……」

あいつも俺たちを見てびっくりしていた。

目を丸くして、抱えている衣装を落としそうになっている。

……そうか、この空き教室は備品の置き場所にもなっている。片付けは明日行われることになっているが、生真面目なあいつは早めに衣装を返そうとしたのだろう。

（メアリーを止めて追い払うか？　いや……まぁ、いいか）

正直なところ、中山の存在は邪魔でしかないが。

でも、見せつけるのも悪くないと思って、何も言わないことにした。

（見てろよ、中山？　俺が、最高の女に告白される瞬間を……！）

そして、しっかりとこう認識しろ。

（竜崎龍馬は、中山幸太郎に劣っていないことを理解しろ）

たまたま、しほに好かれたからって調子に乗るなよ？

だからってお前が優れた人間という証明にはならない。

（この劣等感からも……やっと、解放される!!）

しほを奪われたあの時から、俺はずっと中山に対してコンプレックスを抱いてしまっている。それがすごく煩わしかった。

だから、メアリー……さっさと、終わらせてしまおう。

(早く、俺を好きと言って楽にしてくれ)

そう願うと、同時だった。


「――でも、ワタシはリョウマのこと、別に普通ダヨ！」


告白の答えが紡がれる。

しかし……一瞬、何を言っているのか、理解はできなかった。

「ふ、普通？　普通って、なんだ？」

「普通に好きだけど、だからって恋人になりたいわけじゃない――ってことダネ！」

無邪気な表情で。

いつもみたいに。

底抜けに明るい笑顔で、俺の告白を……断っていた。

意味が、分からなかった。

「な、なんでだよ？　だってお前、俺のこと好きって……言ってたじゃねぇか」

「ＯＨ……落ち込んでるのカナ？　ごめんね、リョウマ。ワタシ、リョウマのことは好きだけど……実は、もっともっと、好きな人ができちゃったんダヨ！」

　他に好きな人がいる。

　その言葉を耳にした瞬間、心臓が大きく跳ねた。

（――まさか）

　イヤな予感がした。

　ハッとして顔を上げて、そういえばこいつもこの場にいたことを思い出す。

「中山……？」

　無意識にその名を呟くと同時に、あいつが観念したように声を発した。

「ごめん。盗み聞きするつもりじゃなかったんだけど」

「あー！　コウタロウ、いたのなら言ってヨー！」

　そして、中山の存在にメアリーが気付くと同時に……彼女は俺に背を向けて、あいつの元に駆け寄っていった。

　それを見て、理解した。

「メアリー……お前が好きになった人って、もしかして――？」

ウソだと、思いたかった。勘違いであってほしいと、願った。

「イエス♪　ワタシ、コウタロウのことが好きになっちゃったヨ！」

しかし、願いは届かず。

その言葉で、俺は……目の前が、真っ暗になってしまった。

これで二回目だ。俺が好きになった人が、中山を好きになったのは。

もう、言い逃れも言い訳もできない。

（俺は……中山以下の、人間ってことか）

負けた。またしても俺は、敗北した。

それはつまり、竜崎龍馬が中山幸太郎よりも劣っているという、証明だった。

「え？　メアリーさんって、俺のことが好きなのか？　参ったなぁ……俺は別に、そういう対象として見てなかったのに……やれやれだ」

しかも、中山が余計なことを言い始めたから、今度は怒りで我を忘れそうになった。

（『やれやれ』だと？　何様のつもりだよ、お前は……！）

俺が恋人にしたかった女に好かれても、別に嬉しそうではない。

むしろ迷惑そうに、困ったような顔で肩をすくめるその姿が、許せなかった。

「てめぇ……！」

怒りで我を忘れて、思わず中山の胸倉をつかみ上げた。

そのまま殴ろうとして、拳を振りかざす。

しかし、その寸前で放たれた一言が、俺を制した。

「殴って気が済むなら、殴れよ」

中山は、俺を見下したように嘲笑う。

「でも、惨めな思いをするのは、お前だぞ?」

あの時と同じ……しほに振られた時とまったく同じ目で、中山が俺を見ていた。

「竜崎、お前は変わらないな。あの時と同じで、自分しか愛していない。そういうところを、メアリーさんは見抜いてたんだよ」

――黙れ。

――うるさい。

――俺が、俺を愛して、何が悪い!?

そう言いたかったが、しかし何も言うことはできなかった。

だって、俺は敗北者なのである。

今更、何を言ったところで……全部、負け犬の遠吠えにしかならないから。

「くそっ」

そう悪態をつくのが、精一杯だった。

乱雑に中山の胸倉から手を離して、そのまま空き教室から出ていく。

あいつらのことを、まともに見ることができなかった。

(格下だと、思っていたのに)

一学期のころは、名前さえ覚えていないような『モブキャラ』だった。

しかし、いつの間にか立場が逆転していて……今ではすっかり、俺の方が『モブキャラ』みたいだった――。

ついに、待ち望んでいた瞬間が訪れた。

「くそっ」

リョウマが捨て台詞のように悪態をついて、逃げるように教室から出ていく。

その姿があまりにも惨めで素晴らしかった。

これが見たかったんだよ。これを、思い描いていたんだ。

ワタシのシナリオが完成しつつあることを、強く実感できるシーンだった。

「――ざまぁみろ」

悲痛なリョウマに向かって、小声で決め台詞を言い放つ。

そして、待った。

最高の物語を見た後に訪れる、あの気持ちの良い『読後感（カタルシス）』を。

現実の鬱憤をすべて晴らすような爽快感（ざまぁみろ）が、もうすぐ来るはずだと思って期待した。

だけど……何かが、おかしかった。

「あれ？」

どんなに待っても、カタルシスがやってこない。

むしろ、ジワジワとにじみ出てきたのは……歯切れの悪い物語を読み終わった後のような『モヤモヤ』だった。

衝動的に、誰かにこの物足りなさを理解してほしくなるような。

レビューサイトとか、ＳＮＳで不満をぶちまけてしまいたくなるような、そういう後味の悪さに、ワタシは思わず顔をしかめてしまった。

「なんで、こんな……！」

この瞬間を待ち望んでいたはずなのに。

物語は、最高のクライマックスを迎えているはずなのに……！

（どうして、ワタシは『ざまぁみろ』と言って、スッキリできない？）

計算が狂っていた。

正答を出しているはずなのに、答えが間違っていて、過程の式のどこかにあるミスを見つけられないような……そんなもどかしさが、胸のモヤモヤを濃くしている。

（どこだ？　何を間違えた？　何が足りない？　何がおかしい？）

探る。思考の中をぐるぐると。

でも、どんなに記憶をかき回そうと……思い浮かぶのは、彼の顔しかなかった。

（どうしてワタシは、リョウマの顔を思い浮かべている？）

ワタシに告白を断られたその瞬間に浮かべた、あの辛そうな表情が、ずっと脳裏にこびりついている。

それがワタシの読後感（カタルシス）を阻害していた。

「さて、これでメアリーさんの物語はクライマックスを終えたわけだけど……随分と不思議な表情を浮かべているように見えるぞ？　これはお前が作った物語なのに、まさか退屈だったわけではないだろう？　それなのにどうして笑っていないんだ？」

うるさい。

黙れ。

そう言うことすらできなくて……その代わりに、ワタシはぺたりと地面に座り込んでしまった。

なんで――

「『なんでこんなに苦しいんだろう?』」

ワタシの地の文を、モブキャラが遮る。

以前にワタシがやったことを、やり返すように。

へたりこむワタシを見下ろしながら、彼はバカにするように――笑った。

「アハッ……アハハ……アハハハハハ!!」

心底、楽しいと言わんばかりに。

本来であれば、その嘲笑はワタシが浮かべていたはずなのに。

笑うな。ワタシを見下ろすな。

モブキャラの分際で、クリエイターをバカにするな!

「コウタロウ、何が言いたい?」

問う。簡潔に答えてみろと、強く促す。

そうしてようやく、彼は教えてくれた。

「傷ついてるだろ? 辛いだろ? お前は、竜崎の告白を断って、あいつを傷つけて……

ショックを受けているだろ？」

「そ、そんなこと、ない」

「いや、そうなんだよ。気付いてないなら、教えてやる……お前は、無意識のうちに竜崎のことを『好き』になっていたんだよ」

違う！

ワタシはリョウマのことを、好きになんてなっていない！

……でも、そう言い切るには、あまりにも心が痛すぎた。

「何がクリエイターだよ。結局お前は、竜崎龍馬という主人公に魅了されてしまっている。あいつの強制力に屈している。『何も特徴がないのに女の子に好かれる』という性質に隷属している。そんな有様で創造主気取りかよ……お得意のアメリカンジョークか？　それなら面白いな。本当に、笑えるよ」

まるで、コウタロウの言葉が真実であるかのように。

図星を突きつけられたことで、リョウマへの恋心を自覚したかのように。

「『ミイラ取りがミイラになる』って、今のお前にピッタリだな。お前はメインヒロインを演じていたつもりだろうが、そこに居心地の良さを覚えていたんだろう？　そのせいで『ヒロインもいいかもしれない』と考えてしまい、やがて竜崎への恋が偽物から本物にすり替わった」

動揺して、困惑して、それから……胸がギュッと痛む切なさを覚えながら、ワタシは彼の言葉をただただ聞くことしかできなくなっていた。

「お前は、他のサブヒロインと同様に、竜崎龍馬を好きになっている。それが意味することは……メアリー・パーカーという転校生は『クリエイター』ではなく、ただの『テコ入れヒロイン』だったということだ。お前がバカにしていたキラリや梓と同じだぞ？　いや、同じですらないか……彼女たちは一度挫折しても、立ち上がって今は自分自身の物語を作ろうとしている。そういう意味では、二人のほうがよっぽど『クリエイター』だな」

創造主（クリエイター）ではなく、ただの登場人物（キャラクター）だった。

だから、竜崎龍馬の毒……いわゆる『何もしなくても女の子に好かれる』という主人公性に抗えずに、魅了されてしまった。

彼を好きになってしまったから、彼が不幸になる物語の結末を、楽しむことができなかった――ということになるのだろうか。

「つまり、お前は最初から物語を支配なんてしていなかったんだよ。支配しているように見えていただけで、最初からメアリーというキャラクターの役割は決まっていたんだ。『クリエイターを自称する道化』として物語に変化を与えて、竜崎のラブコメをマンネリ化させないようにする……お前はただそれだけの『舞台装置(サブヒロイン)』だったんだよ」

そう言われて、必死に反論の言葉を探した。

だけど、ワタシはとても頭がいい。

だから、感情ではなく論理で物事を考えてしまう、クセがある。

そのせいで……考えれば考えるほど『コウタロウの言う通りだ』と納得してしまって、結局は何も言えなくなってしまったのだ。

「…………」

こうして、ワタシの物語は壊れた。

いや、そもそも最初から、存在すらしていなかったのか。

「何もかもが思い通りになるとは思うなよ？」

そう言いきって、コウタロウはニヤリと笑う。

「それじゃあそろそろ、聞かせてもらおうか……弄(もてあそ)んでいた人間に笑われる気分を、さっさと言ってくれよ。その後悔を、負け惜しみを、捨て台詞を、思う存分にぶちまけろよ！

……じゃないと、こう言えないだろ？」

意地が悪い、揶揄(やゆ)に満ちた表情で、バカにするように彼はこう言った。

「――ざまぁみろ、ってね？」

いつも自分が口にしていたその言葉によって、ワタシの心には胸糞悪い歪んだ読後感が広がった。

くそっ。失敗した。何もかもが、もう全部終わりだ。

この先、ワタシは物語を作ることもできないし、楽しむこともできない。感じていた全能感を失い、ただのサブヒロインとしての余生を送るのだろう。

リョウマへの片思いをずっと胸に抱いて、報われない思いに胸をかきむしりながら、惨めでむごたらしい、物語にする価値すらない恋をすることになるのだ。

「……っ」

未来の自分に光がないことを知って、ワタシはうなだれることしかできなかった。

「今後は大人しくしておけよ？　もっと惨めな思いをしないように、な」

そんなワタシを見て満足したのだろう。

コウタロウは途端に表情から色を消した。

無機質で、何も感情を含まない声で、彼は捨て台詞のようにこんなことを言う。

「俺は、お前の物語のキャラクターなんかじゃない……しほだけの、主人公なんだよ。お前のくだらない読後感(ざまぁみろ)のために、ハーレム主人公になんてならない」

……そのセリフで、ハッとした。

まるで、準備していたような言葉選びが、すごく引っかかった。

（そういえば……どうしてコウタロウは、こんなに察しがいいんだろう？）

その疑問を皮切りに、次々と疑問点が湧き出てきた。

どうしてコウタロウは、こんなに饒舌(じょうぜつ)なんだ？

どうしてコウタロウは、攻撃的なセリフばかり口にしている？

どうしてコウタロウは、ワタシがリョウマを好きになったことに気付いた？

いや、そもそもの話。

（リョウマを好きになってしまう――そんなミスを、どうやってワタシが犯した？）

自分で言うのもなんだけど、ワタシは天才だ。

確かにうぬぼれている一面があることは否定できない。

でも、バカじゃないんだから……リョウマと仲良くなりすぎないように、気を付けていなかったわけがないのに。

（……あの時だ。あの時から、ワタシとリョウマの距離感はすごく近くなった）

気付きが、連鎖を生む。

(シホとコウタロウがデートに出かけて、遭遇した時……いや、厳密に言うと、その後日にコウタロウに『気になることがある』と言われてからだ)

『竜崎って、まだしほのことが好きだったりしないか?』

『だから、竜崎がもっとメアリーさんを好きになるようにしたほうがいいと思う』

そんな会話があって、ワタシはリョウマと過剰に接近することになった。

あれからスキンシップやオシャベリの機会を増やしたことが、こうなったきっかけだった気がする。

文化祭の練習で二人きりになった。

(演者だけの練習の時、コウタロウがわざといなくなってくれた)

盗んだものをリョウマが見つけてくれた。

(コウタロウが盗んで、リョウマが見つけやすい位置に隠してくれた)

階段から落ちたところを助けてもらった。

(コウタロウが、リョウマが助けられる場所にいることを見計らって、念のため怪我をしないように見てくれていた)

キラリの陰口を言ったらリョウマに叱られた。

(それも、コウタロウにそそのかされて言ったことだった)

点と点が繋がって、線になる。

そういった数々のイベントを経て、ワタシはリョウマを好きになっていた。

(もしかしてワタシは――コウタロウに、ハメられた?)

パズルのピースが、当てはまって……やがて、一つの形を作る。

彼が、ワタシの想いを弄んだ。

モブキャラを装って、協力者と偽り、ワタシの手の内をすべて把握したうえで……裏切り、そそのかし、ワタシをクリエイターではなく、キャラクターに堕とした。

「――してやられたって、ことか」

気付いたところで、もう遅いけど。

せめて一矢報いることくらい、してもいいよね?

こんなの逆恨みもいいところだ。行為の意味などなく、ワタシにしてはとても幼稚で愚かな選択かもしれない。

だけど、コウタロウ……キミだけが幸せでいるなんて、そんなの許せないんだ。

だからキミも、ワタシと一緒に『不幸』になろうよ――。

第十話　『駄作』の『蛇足』

こうして、テコ入れヒロインによるクリエイターごっこが終わった。

モブキャラの俺がハッピーエンドにするために作った伏線を利用して、完膚なきまでに叩き潰してやった。これならもう、這い上がってくることもないだろう。

主人公が失恋して、真の黒幕はミイラ取りがミイラ状態か……まったく、なんて酷いラブコメなんだ。

メアリー・パーカーの作った物語は無残な駄作だった。

くだらない復讐劇なんて作ろうとするからこんなことになるのだ。

「…………」

床に無言で這いつくばり、絶望に打ちひしがれて、ただただ俯いている彼女は、見ていてなんだか痛々しかった。

表情は見えない。でも、うずくまるその姿が……失恋した時の梓(あずさ)やキラリに重なって、ついつい目をそらしてしまう。

そのまま空き教室から出て行こうとした。

でも、唐突に彼女が声を発して、俺の足を止めた。

「――ねぇ、待ってよ」

「……これ以上、話すことなんかないぞ？」

「ああ、そうだね。コウタロウにも、ワタシにも、もう役割がない。だって物語は終わった……想像を絶する『駄作』という結末でね」

「それが、どうかしたのか？」

メアリーさんが俺に何を言いたいのか分からなかった。

「そんなに困惑しないでくれよ……ワタシだって分かっているんだ。これはね、物語には関係ないただの『蛇足』なんだ。タイトルをつけるなら、そうだなぁ……『クリエイターと勘違いしていたサブヒロインの逆恨み』ってところかな？」

メアリーさんが、顔を上げる。

その顔に張り付いていたのは、薄気味悪い冷笑だった。

いつもの笑顔ではない。不敵な笑顔でもなければ、狡猾な作り笑いでもない。

まるで、後がなくなってヤケクソになった人間の、自暴自棄な笑顔だった。

「ワタシの駄作は、登場人物がことごとく不幸になって幕を閉じたけれどね？　一人だけ、幸せな人間がいるんだよ」

キラリは失恋した。

竜崎(りゅうざき)は振られた。

メアリーさんは失敗した。

でも、たった一人だけ無関係だと振る舞っている人間がいる。

その人物はもちろん……俺、中山幸太郎(なかやまこうたろう)だ。

「おいおい、冗談だろ？」

悪い予感がした。

そのまま背を向けて、この場所から走り去りたい衝動に駆られる。

でも、メアリーさんがこちらを凝視しているせいか、身動きが取れなかった。

これはちょっと、まずいな。

「勘弁してくれ……お前は負けたんだぞ？　負け犬らしく、大人しく退場しろ」

「いやいや。これが最後の見せ場だからねぇ」

そう言って、メアリーさんは不意に立ち上がった……かと思ったら、次の瞬間には俺の目の前にいた。

まるでカエルを捕食する時の蛇みたいに俊敏に、気配もなく俺に詰め寄った彼女は、そのまま俺を押し倒して床に叩きつけた。

「っ!?」

もちろん、抵抗はした。

メアリーさんは俺の手を押さえつけて身動きを封じようとしている。力任せにそれを振り払おうと足掻いたが……彼女の力は、女性とは思えないほどに強かった。

「知らないのかい？　ワタシはなんでもできる設定のキャラクターなんだよ……運動能力だって規格外だ。平均的なステータスしか持たないキミが勝てるわけないだろ？」

「くそっ。放せ！　触るな……！」

「逃がさないよ？　ワタシはね、コウタロウが許せないんだ」

もうどうにもならなかった。

いわゆる、マウントポジションを取られた状態で、手を動かしても、足を動かしても、首を動かしても、彼女を振り払うことはもうできなかったのだ。

「よくも……よくもハメてくれたね？　ワタシがリョウマを好きになるように謀ったただろう？　いやぁ、見事な手腕だった。してやられたよ……お見事だ。これぱっかりは、賞賛することしかできないね」

……気付かれていたのか。

俺の思惑を、彼女は全てが終わった後で察したようだ。

「警戒していたつもりだった。シホの平穏を脅迫材料として使えば、キミはなんでも言うことを聞いてくれると舐めていた。でも、キミはワタシを信じなかったわけだ……『メアリーさんの言う通りにしても、ハーレム主人公になったらしほが結局傷つく』とかなんとか、そういう考えがあったんだろうね」

相変わらず頭の回転は速い。

その察しの良さが、ずっと怖かった。

彼女はあまりにも危険すぎる。

だから、今後俺たちと関わり合えないくらいに、無残な失敗をしてほしかった。

絶望して、そのまま舞台から退場するように一計を案じた。

モブキャラの俺がへたれてやれなかったことを、悪役としてしっかりやりきろうと……

そう思って、動いていたというのに。

「負けだよ。ワタシはキミの思惑通り、敗北した。つまり、今後ワタシが今以上に活躍することなんてないだろう？　だったらここで、暴れまわるのも悪くない。これがワタシ……メアリー・パーカーの最後の見せ場なんだから――！」

壊れたように、彼女は笑う。

もう自分のことなんて関係ないのだろう。プライドは折られ、立場はなくなり、お先も真っ暗だ
まるで『無敵の人』である。

今の彼女は何も怖いものがない。だから、なんだってできる状態である。

「コウタロウも、一緒に不幸になろうよっ？　みんな不幸になれば、それが普通になる。ワタシも、リョウマも、キラリも、平等だよ？　だから、不幸にしてやる……コウタロウも、地に堕としてやる!!」

冷や汗が出てくる。

ドス黒い怨嗟をぶつけられて、背筋が凍った。

(明らかに、やりすぎた)

徹底的に追い詰めることが正解と思っていた。

だけど、もしかしたら……モブキャラの俺が正解だったのかもしれない。

『竜崎とメアリーさんが付き合うことになって、めでたしめでたし』

そういうなまぬるい結末だと意味がないと思っていた。

でも、モブキャラの俺は……こうなることを恐れて、あえて甘い解決方法を選んでいたのかもしれない。

「うーん、よくよく考えると……シホの平穏を奪うことは、必ずしもコウタロウの不幸に直結しないね。むしろ、シホの苦境をコウタロウが救うという物語が生まれる可能性さえ出てくるのか」

悪役らしく、俺は今から……バッドエンドを、迎えるのだろうか。

「コウタロウが最も傷つくために、ワタシがやるべきこと——そうだなぁ、たとえば……シホよりも先に、ワタシとキスをするとかどうかな？　にひひっ、これは悪くないね。シホに対して義理堅いキミのことだ。ファーストキスが彼女じゃなくて、ワタシって事実は、一生キミの心に残ってくれるだろう」

ただただ、メアリーさんを見上げることしかできない。

抵抗の意思がないわけじゃない。

でも、物理的な力と、それから……物語的な強制力を感じて、どうにもならないと、心のどこかで諦めている自分がいた。

（しほに止められていたのに、安易に自分を切り替えるからこうなったんだよ……！）

ずっと押し黙っていたモブキャラの俺が、心の中で叫んでいる。

（俺は、お前に頼るべきじゃなかったんだ）

そうだな。

もう、今更遅いけど……俺は、俺として、ちゃんとメアリーさんに立ち向かうべきだった。

キラリに偉そうな顔して説教したくせに、自分が同じ失敗をしているなんて、本当に俺はどうしようもないな。

（そうやって否定しても意味なんかないぞ？）

分かっている。

でも、そんなことどうでもいいだろ。

何もできないでいることが悔しいなら、変われよ。

悪役のスイッチを切って、ちゃんと出てこい。

それができないということは、またお前が自分を否定しているという証拠だ。

何が『しほがかっこいいと思う中山幸太郎になる』だよ。

お前は本当に、情けないな。

俺は本当に、不甲斐ないよ。

「いいねぇ……今後、シホとキスをするたびに、触れ合うたびに、コウタロウはワタシを思い出す。しほを裏切った罪悪感で苦しむ。心の底から、シホのことを愛せなくなる！裏切った自分を許せなくて、再び自分を否定する哀れなモブキャラに成り下がる――！」

……もうダメだな。

否定の感情が心を支配する。

まるで、入学式直後の俺みたいだ。

自分を否定して、拒絶して、どうせ何もできない――と無気力になっていた。

……そういえば俺は、いつから『モブキャラ』のスイッチを入れていたんだろうな。

もう思い出すこともできないくらい前に、自分をそう定義したことを思い出した。

（しほ、ごめん）

その心の声は、モブキャラの俺なのか。

あるいは、今の俺なのか。

いや、両方の俺の想いだろうな。

最後にしほに謝っておく。その時にはもう、メアリーさんの顔が頬に触れるくらい、彼女は俺に接近していた。

「――ざまぁみろ」

メアリーさんが、笑う。

いや、嗤う。

さっきの俺と同じ笑みを、浮かべていた。

「コウタロウも、ワタシと一緒だねぇ？　哀れで惨めなキャラクターとして、人生を後悔に満たされながら生きようよ……シホに捨てられたら、ワタシのところにおいで？　二人で傷をなめ合って生きていくのも悪くないだろう？　一生満たされない思いに胸をかきむしりながら、お互いを恨み合いながら、二人で満たされない愛を求め続けよう……それが、ワタシの復讐だ」

……これは、罰だ。

他人を嘲笑った因果だ。

やっぱり俺はあの子がいないとダメな人間である。

(俺のラブコメも……ここまでか)

そのキスをしほが許してくれたとしても……結局、俺の心が俺を許せなくなるだろう。

結果、後悔に打ちのめされて、しほの愛を受け止め切れなくなるかもしれない。

そうやって、メアリーさんの残した爪痕によって、今後もずっと苦しめられるのだ。

しほ……ごめん。

君を幸せにすることは、もうできないかもしれない――。

「――やめなさい」

……いつもなら、ここで物語が区切られるタイミングだった。

でも、そんな展開を彼女が望むわけがなかった。

透明な声が響く。

冷たい風が、淀んだ空気を切り裂いた。

「ねぇ、どうしてわたしがそれを許すと思ったのかしら？」

一瞬で、場が凍った。

俺も、メアリーさんも、動けなくなって。

声すら発することもできずに、ただただ彼女の言葉に耳を傾けていた。

「ダメよ？　わたしのかわいい主人公に触らないでくれる？」

ハッとして、顔を上げた。

メアリーさんの唇をかわすように顔をずらして、空き教室の入口を見る。

そこにはやっぱり、彼女がいた。

「幸太郎くん、もう大丈夫よ。わたしが助けてあげるからね？」

霜月（しもつき）しほが静かに佇んでいる。

透き通るような声に、思わず泣きそうになってしまった。

そうだ……この子はいつも、そうなんだ。

辛い時、苦しい時、どうしようもない時に……俺のそばにいてくれる。

そしていつも、俺を助けてくれるのだ。

「――どきなさい。幸太郎くんから離れて」

しほにしては強い口調でセリフが放たれる。

その言葉を向けられたメアリーさんはすぐに立ち上がった。

まるで、プログラムされたロボットのように、しほの命令を聞き入れたのだ。

「……っ!?」

一瞬遅れて、メアリーさんは混乱したように自分の手を見つめていた。

しほの命令を聞いたのは無意識だったらしい。今更になって、自分が素直に行動したことにびっくりしているようだ。

「幸太郎くん、こっちにおいで？　いつまでも倒れていたら心配しちゃうでしょう？」

続いて、しほは俺に声をかける。

その瞬間、考える前に体が動いていた。

体を起こして彼女の元へと歩み寄る。

そんな俺を見て、しほは小さく息をついた。

「まったく、あなたには呆れちゃうわ。そういうところも、かわいいのだけれど……前にも言ったでしょう？　音を変えるのはやめなさい――って」

しほにはどうやら、俺の変化が聞こえていたらしい。

「幸太郎くん、戻りなさい」

――カチッ。

一言。そう言い放つだけで、どんなに足掻いても切り替えることのできなかったスイッチが、強制的に切れた。

その瞬間、悪役だった『中山幸太郎』が消えた。

「……しほ、ごめん」

「あなたへのお説教は後にしておくわ。とりあえず、わたしの後ろにいるのよ？」

元の俺に戻っても、彼女はまだ表情を崩さない。

そんな彼女を見ていると、出会ったころの『霜月さん』を思い出した。

しほをよく知らなかった時……彼女のイメージは、そういえばこんな感じだった。

冷たい無表情のまま、今度はメアリーさんの方に視線を向ける。

「宿泊学習の時は、幸太郎くんがわたしを守ってくれたけれど……今回は、わたしの番なの。大丈夫、あの人から守ってあげるからね？」

「それは随分と、強気な発言じゃないか」

メアリーさんも、少し時間が経ったおかげで落ち着いたのだろう。

今度はしほに向かって、ちゃんと言い返すことができていた。

「こうやって会話するのは、ショッピングモールで出会った時以来かな？　あの時は小動物みたいに震えていたけれど、今日は随分と調子が良さそうだね」

煽るように、バカにするように、神経を逆なでするように。

いつもの調子で声をかけるメアリーさんに対して、それでも彼女は無表情を維持したままだった。

「できれば、お話なんてしたくなかったわ。あなたの音は、とても歪んでいるから」

人見知りで、他人が苦手で、臆病だった少女が。

しかし今は、そんなそぶりを一切見せずに堂々とメアリーさんに立ち向かっていた。

「お！　そういえばシホは耳が良く聞こえるんだっけ？　それじゃあ、ワタシはどんな音がするのか、聞いてみようかな？」

「……小枝を折る音、かしら。ボキボキって、生木をぐちゃぐちゃにするみたいな……痛みを伴う、苦しい音よ」

「苦しい？　枝が折れる音は聞いていていて耳心地がいいんじゃないかな？」

「――はたして本当に、そうかしら」

ニヤニヤと笑うメアリーさんに、しほが鋭い言葉を言い放つ。

たったそれだけで、メアリーさんの顔から笑顔が消えた。

「ワ、ワタシは、そう思うけど、ね？」

途端にたどたどしくなって、彼女は狼狽えるようによろめいた。

しほが登場してからずっと、メアリーさんらしくない言動が続いている。

何かが、おかしかった。

「やっぱりあなたは、許可できないわ」

「きょ、許可って、何のことかな？」

「メアリーさん、だったかしら？　あなたが幸太郎くんに触れる許可を、出すことができないのよ……あなたが一緒にいたら、彼の綺麗な音が穢れてしまうの。だから、ダメよ」

それから、しほもいつも通りではなくて。

彼女らしくない温度のないセリフには、言葉にできない『強制力』が宿っているような気がしてならなかった。

そのせいで、メアリーさんは先程からずっと狼狽しているのかもしれない。

「あずにゃんは特別に許してあげたわ。だって、将来はわたしの妹になるはずだから、当然よね。それに、あずにゃんが幸せじゃないと、幸太郎くんも幸せになれないから、特別に受け入れさせてあげたけれど、あなたは認めないわ」

「み、認めないって……シホにどんな権限があるって言うんだい？」

「権限なんてないわ。ただ、認めない――って、そう言っているだけよ？」

淡々とセリフが紡がれる。

たったそれだけなのに、この『威圧感』はなんだ？

「メアリーさん？　そんな穢れた感情で彼に関わるのはやめてね？　もし、幸太郎くんとオシャベリがしたいなら、もっと綺麗で純粋な感情じゃないとダメよ？」

「――っ」

しほの言葉を、メアリーさんは否定できない。

いや、さっきから何度も拒絶しようとしているけど、断ることを許されていないように見えた。

しほの『強制力』が、彼女を支配していたのだ。

「そ、そんなにワタシに歯向かってもいいのかな？　シホは知らないだろうけど、ワタシは意外と何でもできるんだよ？　たとえば……お金の力を使って、キミの家族を崩壊させることだって、ね？」

それでも、メアリーさんはどうにか抗おうとする。

お決まりの文句で、しほを封殺しようと試みていたけれど。

「やれるものなら、やってみなさい？」

しほは、彼女の抵抗を軽くあしらっていた。

「でも、わたしの大切な人に手を出したら……あなたを絶対に許さないわ」

「……許さない？　具体的に、何かワタシに仕返しする手段があるのかな？」

「別にこれといってないわ。とにかく許さない――ただ、それだけよ」

「そ、そんないいかげんなことで……ワタシが言うことを聞くわけ、ないのにっ」

歯を食いしばっても、彼女は動けない。

その姿は、宿泊学習の時……俺が舞台に行くことができなかった状態と、同じように見えた。

もしかしてこれは――物語による隷属か？

いや、そんな……でも、やっぱりそう見えてならない。

あの自由気ままで誰からの束縛を受けないメアリーさんが、しほにだけ従順になるなんて……そんなの、理屈だと考えられなかった。

「……そうかっ。これは、そういうことだったんだ」

なぜ、しほの言葉にそんな力が宿っているのか。

その理由は、単純だ。

「これがメインヒロインの『格』なんだね……？」

メアリーさんの言葉で、今までの現象に全てが理由付けされた。

ここにいる彼女は、俺の隣にいる時のような、親しみやすいいつもの『しほ』ではない。

触れることすらためらう『高嶺の花』として見ていた、かつての『霜月さん』に近い状態だ。

つまり、今の霜月しほはメインヒロインとしてこの場に立っている。

きっと、メアリーさんもそういう風に感じているだろう。

俺と同じような俯瞰の目を持っているからこそ……いや、霜月しほのヒロイン性が『見えて』しまっているからこそ、その言葉に強制力があると、そう『見えて』しまう。

結果、ただのサブヒロインでしかないメアリーさんは、隷属することしかできなかったのだ。

まるで、かつての俺のように。

「た、ただのダメヒロインだと思っていたのに……でも、違った？　シホはもしかして、リョウマの影響でヒロインに『成った』わけではなく、最初からヒロインだった？　そしてワタシは、無意識にシホのヒロイン性に気付いていたから、警戒して物語に巻き込まないようにしていたのか？　メインヒロインの力に邪魔されないよう、サブヒロインとして精一杯、足掻いていた……そういう役割のキャラクターだったということなのかな？」

「メインヒロイン？　キャラクター？　それはどういうことかしら……この世界は物語なんかじゃないのよ？　現実のわたしは、他の誰でもないわたしだもの。強いて言うなら、幸太郎くんのヒロインではあるけれど」

「……ハハッ。ハハハハハハハハハハ!!」

最早、笑うことしかできないみたいだ。

メアリーさんは壊れたように笑っていた。でもその笑い声は乾いていて、ポジティブな感情は一切含まれていなかった。

「――登場人物であることも認識できない分際で、ワタシに説教なんてしないでくれよ」

笑顔が一転する。

今度はバカにするような嘲笑へと切り替わった。

「何が、コウタロウのヒロインだよ……笑わせるな。そこにいるのは主人公じゃなくて、ただのモブキャラだ。身分が違う。格が違う。世界が違う。不釣り合いで、身の丈に合っていないのに、その恋がうまくいくなんて思っているのか？　いつか絶対に破綻するよ。コウタロウが、メインヒロインを愛せるような人間になれるとでも？」

挑発するように、煽るように、しほを不快にさせたいのか、必死に俺をバカにするメアリーさん。

しかし、しほはもうまともに相手をしていなかった。

「さっきから何を言ってるのかよく分からないわ。そんなの、あなたがそう思っているだけでしょう？　わたしは幸太郎くんのことをモブキャラだなんて思ってないわ」

表情一つ崩さず、気後れすることもなく、しほはハッキリと言い返していた。

そんな彼女を前に、メアリーさんはニヤリと笑った。

「いつか、ワタシが言っている言葉の意味が理解できるよ」

意地の悪い笑顔を残して、彼女はゆっくりと歩み出す。

「それじゃあ、今回はワタシの負けにしておこう。さて、最後くらいは道化(ピエロ)らしい一言で、締めくくるとしようか。それがワタシに与えられた役割だろうからね」

俺としほの横を通り抜けて、彼女は振り向くことなくこんなことを言うのだった。

「――覚えてろよ？　これで終わったと思わないでくれ」

それはまるで、負け惜しみだ。

敗北を悟った敵キャラが、死ぬ間際に恨み言を残しているようにしか見えない。

俺とは違い、最後まで『物語』の役割に徹している。最後は惨めな悪役らしい幕引きを見せてくれた。

……彼女は、あまり好きな人間ではないけれど。

しかし、最後まで自分を変えずに貫いたその意志は、素直に尊敬できるかもしれない。

俺とは違って、メアリーさんは最後までメアリーさんだった。

そんな彼女を苦手には感じていたけれど。

正直なところ……嫌いにはなれなかった――。

❄

第十一話
わたしが好きな幸太郎くんは『かっこいい幸太郎くん』じゃない

気付けば、もうすっかり日が暮れていた。

「ずっと教室で、あなたを待っていたの」

窓の外を眺めながら、しほがぽつりと呟いた。

「演劇の時からなんだか様子がおかしくて、大丈夫かな？　って心配していたわ……それなのに幸太郎くんと会うことができなくて、悶々としてあなたを探し回っていると、苦しそうな竜崎くんとすれ違って……なんだかイヤな予感がすると思っていたら、この教室から物音が聞こえたわ」

それで気になって、この空き教室を覗いたら……俺がメアリーさんに押し倒されていた、というわけだ。

「良かった。今度はわたしが、幸太郎くんを助けることができた」

「うん、ありがとう」

しほのおかげで、本当に助かった。

「でも、これから少しあなたにはお説教をしないといけないわ」

……ああ、分かっている。

それはちゃんと、覚悟しているよ。

「ちょっと外に出ましょうか？　ここだと少し、気分が乗らないから」

しほはそう言って、笑ってくれた。

その言葉や表情は、先程までの冷たい『霜月(しもつき)さん』ではなく……いつもどおりの温かい『しほ』だった。

◆

やってきたのは、学校の屋上だった。

普段は人が多い場所だけど、今は後夜祭の真っ最中だからなのか、人がいない。

二人きりになりたいタイミングだったのでちょうど良かった。

「うーん、ちょっと肌寒いかしら？」

そう言って、しほは俺に寄りかかるようにくっついてきた。

「寒いなら、俺の上着を……」

「違うわ。『寒いのは口実でとりあえずくっつかせて』って、言っているだけよ？　まったく、幸太郎くんは察しが悪いんだから……罰として、湯たんぽの代わりにジッとしてなさい？　わたしが温まらないでしょう？」

屋上の手すりに寄りかかる俺と、俺の肩にもたれかかってくるしほ。

彼女はまるで、俺にしがみつくみたいに腕をギュッと握りながら……小さな声で、こんなことを囁いた。

「――わたしはあなたが大好きよ。でも、わたしが好きなあなたは、わたしの好きなあなたではないってことを、ちゃんと理解している？」

そして、愛の告白と同時に……しほの『お説教』が始まった。

『わたしの好きなあなた』

それが意味することは、何だろう？

「幸太郎くんは、たぶんだけれど……『かっこいい幸太郎くん』になろうとしていたでしょう？」

「うん、しほに相応しい人間になろうとして……」

頷き、理由を説明しようとする。

しほとの関係を進めるために、成長しようとしていたけれど。

「――そういうことじゃないの」

それは、しほの望んでいた行動ではなかったようだ。

「前にも言ったでしょう？　わたしは、ありのままのあなたが好きなの……そのままの幸太郎くんが、大好きなの。それなのにどうしてあなたは、自分を変えようとしてばかりいるの？　もっとかっこよくならなくていい。もっと優しくなる必要もない。今の幸太郎くんで十分なのに、どうしてあなたは今の自分をダメだと思い込んでいるの？」

心の根っこに抱えている俺の思考を、しほは感じ取っている。

俺は優れた人間じゃないから、変わらないといけない……その使命感じみた思想そのものを、彼女は否定していた。

「わたしは、無理をしてほしいわけでも、背伸びしてほしいわけでもなかったの。わたしが好きなあなたは、ありのままの優しい幸太郎くんで……そんなあなたに、わたしを大好きになってほしかっただけだから」

たぶん、俺はまた『違う自分』に成り代わろうとしていた。

「『わたしの好きな幸太郎くんなら、わたしを大好きになれる』とか。そんな理由で好きになろうとしないで。わたしの思いはね、もうその程度じゃ収まりきらないのよ？」

そう言って彼女は、さらに強く俺の腕を握りしめる。

ともすれば痛いほどの力で……強く、強く、掴んでいた。

「わたしは聞き上手な幸太郎くんが、好き」

だから、話し上手になんかならなくていい。

「わたしだけに笑ってくれるところも、好き」

だから、社交的な人間にならなくていい。

「わたしが悪いことをしたら、ちゃんと指摘してくれるところも好き」

だから、なんでも受け入れるような包容力がなくてもいい。

「わたしがからかったら、すぐに照れちゃうところも好き」

だから、かっこつけなくてもいい。

「――もう全部、大好き」

だから、変わらなくていい。

しほは俺のことを、そうやって想ってくれていた。

それなのに俺は……何も分かっていなかったのだ。

「もちろん、幸太郎くんの想いを疑っているわけじゃないわ。わたしとちゃんと向き合おうとしていることだって、理解しているの。だから、信じようって……今回だって、幸太郎くんが何かに巻き込まれていることは分かっていたけれど、あなたががんばっていたから、信じて気付かないふりをしていた」

だからしほは、ことあるごとに『信じている』というセリフを口にしていたのか。

あの言葉は、俺への信頼じゃなくて……自分に言い聞かせるための言葉だったのだろう。

それなのに俺は『しほが信じてくれているから、俺の行動は正しいんだ』と勘違いしてしまった。

そして独断でスイッチを切り替えた結果、しほをこうやって悲しませることになったのだ……これも全部、俺が俺を信じきれていないことが悪いのだろう。

「ううん、違うわ。幸太郎くんが悪かったって言いたいわけじゃなくて……」

「いや、でも俺は――」

「あなたは十分、がんばっているわ。幸太郎くんは、ちゃんと自分を愛する努力をしていた……たまに、今みたいな失敗をすることもあるかもしれない。だけどそういう時は、わたしが訂正すれば良かったはずなのに」

それならどうして、間違えてしまったのか。

「わたしが、遠慮しちゃったの。幸太郎くんに対して、言いたいことを言えなかった。我慢して、あなたを信じ続けた……そうじゃないと『重たい』って思われちゃいそうで、怖かったから」

そう言って、しほはもう我慢できないと言わんばかりに……腕ではなく、俺の体に抱き着いてきた。

「わたしはね、あなたが思っている以上に、幸太郎くんのことが大好きなの」

その『好き』という想いは、俺の想像を軽く凌駕しているようで。

「どれくらい好きなのかと言うと……ぐちゃぐちゃにしてやりたいほど、愛しているわ」

その愛は、下手すると俺を壊してしまうほどに、狂暴的で……情熱的みたいだ。

「幸太郎くんが、わたしだけを愛して、わたしのことだけしか考えきれなくなるくらい、好きになってほしい――そう思ってしまう自分がいるの。でもそれは、幸太郎くんの幸せにならないことは分かっている。だから大丈夫、ちゃんと我慢しているわ」

そういえば……梓がしほのことを『ヤンデレ』と評したことがあるけれど。

彼女の認識は、あながち間違っていなかったようだ。

「そういうわけだから、生半可な『好き』という気持ちだと、きっと幸太郎くんはわたしの愛を受け止め切れなくて、壊れちゃうわ。そんな結末を望んでいないから……我慢して、言いたいことが言えなくなっちゃっていたの」

そのせいで、最近のしほは歯切れが悪かったのかもしれない。

言いたいことを言わずに、耐えていたから……俺と彼女は、すれ違ってしまった。

「でも、それも間違っていることよね。だって、我慢なんて体に毒だから……わたしも結局、幸太郎くんのことを信じ切れていなかった。わたしの愛を受け止めてくれないと決めつけて、自分で勝手に蓋をしていた」

「……俺も、しほのことは好きだよ。まだ、君の気持ちには追い付いていないかもしれないけれど、この想いは『本物』だから」

「ええ、知っているわ。だから、うん……今回はわたしも、悪かったの。お互い、失敗しちゃっていたのよ。ちゃんと反省しないとね？」

ギュッと、俺を抱きしめるしほ。

そんな彼女の頭に手を置いて、そっと撫でてあげた。

「うん、そうやって幸太郎くんからも、いっぱい愛してほしいわ」

今まで遠慮して、こういうことはできなかったけれど。

これからは、そういうところから、改善していく必要を感じていた。

「……俺、まだまだ自分のこと、好きになりきれていない。今回も、心配させちゃって、ごめん」

「まったくよ？　わたしのことをもっと好きになってね？　この重たい気持ちを受け止めてくれないと、いつまで経ってもわたしは満足できないわ」

「そうだよな……もうちょっと時間はかかるかもしれない。でも、ちゃんと向き合うよ。自分自身に対して、それから……しほの想いに対しても」

「ええ、待っているわ。でも、焦らなくてもいいからね？　どうせ時間はたくさんあるから……十年くらいなら、こうやってもどかしい関係でいるのも、悪くないわ」

「そんなに待たせないよ」

その言葉は、しほにではなく――自分に向けての『誓い』だった。

中山幸太郎として、ちゃんと霜月しほを大好きになる。

背伸びせず、ありのままの自分で、彼女の愛を受け止める。

そうすることができるようになったら、きっと……しほとの関係も、進めることができるはずだから。

「あ、でも……これは早めに済ませておいた方がいいかしら」

いい感じに落ち着いたタイミングだった。

二人でくっついて癒やされていた時……不意に彼女がそんなことを呟いて、顔を上げた。

「どうし――」

た、を言い切ることはできず。

その前に、しほが俺の唇に覆いかぶさってきたのである。

「――他の女の子に奪われる前に、あなたの唇はわたしが奪っておくわ」

もちろん、それは一瞬のこと。

しかし、ちゃんと柔らかくて熱い感触は、唇に残っていた。

「幸太郎くんの『はじめて』は誰にも渡したくないから」

そう言いながら、しほは不敵に笑う。

いや、強がっているけれど……耳まで真っ赤だったので、今更になってとても恥ずかしくなっているみたいだった。

「……う、うん」

まぁ、俺も照れて何も言えなくなっているんだけど。

二人で見つめ合いながらも、モジモジしてしまって……それがなんだかおかしくて、ついつい笑い声をあげてしまった。

――こうして、新たな物語は幕を閉じた。

……やっぱり、俺としほのラブコメは駄作である。

こんなに進展が遅い物語は、なかなかないだろう。

でも、それでいい。

いや、それがいいんだ。

俺としほにとってこれは『駄作』なんかじゃない。

どんなに事件が起きなくても、起承転結がなくても、ドラマチックな展開にならなくてもいい。

俺たちが『幸せ』なら、それだけでこの物語は『傑作』なのだから――。

❄

エピローグ　いつかわたしも

波乱の文化祭が終わり、すっかり日常に戻る。

しほは今日も彼の家でまったりと過ごしていた。

ゆるみきった猫のように、ソファの上でだらんと寝そべっている。

「あずにゃん、リモコンとってー。ニュースなんて見ていたら頭がグルグルしておかしくなっちゃうわ。こういう時は幼児番組を見て脳を休めないと」

「……自分で取れば？　梓はおやつ食べるのに忙しいもん」

テーブルにお行儀よく座ってケーキを食べる梓。

寝転がりながらそれを眺めていると、

『ぐ～』

食欲が音を立てて存在を主張してきた。

「……あずにゃん、いくら食いしん坊だからって食事中にお腹の音を鳴らすのは良くないと思うの」

「違うよ!?　霜月さんのお腹が鳴ったのに梓のせいにしないで！」

「じゃあ、ケーキちょうだい？」

「ダメ！　これは梓のだもんっ……ってか、霜月さんはさっき食べたでしょ？」

「だ、だって、美味しそうだからっ」

幸太郎が『文化祭はみんながんばったから』とご褒美に買ってくれたケーキは、いつも食べているものより値段が高めで、とても美味しかった。

あの味を思い出して、しほは思わず立ち上がった。

「そうだ……幸太郎くんのケーキに毒が入っているかもしれないし、味見したほうがいいんじゃないかしら？」

「自分が食べたいだけのくせに……でも、もしおにーちゃんがいらないなら、梓がもらいたいなぁ」

「なるほど。これはつまり、どちらが愛されているのか決める時が来たってことね？」

「何を言ってるの？　霜月さんより梓が愛されているに決まってるよ？　だっておにーちゃんは梓のこと大好きだもん」

「な、なかなかの自信ね？　いいわ……これでこそ、義妹だわ」

そうやって梓と雑談を交わしていたら、洗濯物を干し終わった幸太郎が戻ってきた。

その瞬間、即座に彼へと駆け寄った。

「ねぇ、幸太郎くん？　あなたのケーキ、食べてもいい？」

「いやいや、おにーちゃんは梓にあげるよねっ？　こんなにかわいい妹なんだから、ちゃんと霜月さんよりも優先してくれるよね？」

「ちょっと待ちなさい。わたしだって、幸太郎くんのかわいいお友達なのよ？　むぅ、まだお友達ってところがちょっと不満だけれど、まぁいいわ！　妹がかわいいのは理解できるけど、ここはわたしを優先するべきだからねっ」

「「ぐぬぬっ！」」

いーっと威嚇しあう梓としほを前に、幸太郎は困ったように頬をかく。

「いきなりだなぁ……えっと、つまり二人ともケーキが食べたいってことか」

「「どっちにあげるの!?」」

「俺が食べるって選択肢はないんだな」

穏やかに笑いながらも、彼は思案するようにあごに手を当てた。

それから少しの間、熟考したかと思ったら……ゆっくりとしほを見て、ニッコリと笑った。

「この前、梓のプリンまで食べてたのは誰だっけ？」

「………ひゅ、ひゅ～」

鳴らない口笛を吹きながらしらを切ろうとしたが、幸太郎には通用しなかった。

「今回は梓にあげようかな」

「やったー！」

「ぐわぁー！」

その言葉で梓は万歳して、しほは膝をついた。

完敗だった。幸太郎と梓の『兄妹』という絆に、しほは負けたのである。

「おにーちゃん大好き～♪　霜月さん、どんまい！」

「うにゃー！」

嬉しさのあまり梓は恥ずかしいことを言っているが、自覚はないようだ。

しほにドヤ顔をして、幸太郎のケーキを冷蔵庫から取り出している。

その後ろ姿を眺めながら、しほは我慢できなくなった。

「や、やっぱり付き合いが長いから贔屓するのかしら？　幸太郎くんったら、わたしより妹を優先するなんて……酷いわっ」

元々、心が狭い女の子なのである。

しほは立ち上がって、隣にいた幸太郎の肩を揺さぶった。

「ねぇ、幸太郎くん？　もしわたしがあなたの『幼なじみ』で、一番付き合いが長い人間だったら、こういう時にわたしの方を選んでくれたのかしらっ？」

彼に伝えていない真実を。

教えるつもりのなかった事実を。

（……あ、言っちゃった!?）

自分の口が滑って、しほは一瞬パニックになりそうだった。

このまま、実は幼なじみだった——と、打ち明けた方がいいのか悩んだのだが。

「いや？　別に幼なじみでも、今回は梓を選んだけど……」

単純に、しほが負けていただけだった。

「そんなぁ」

そのことにショックを受けて、へなへなと座りこみそうになってしまう。

だけど、そんな彼女を幸太郎が支えてくれた。

「えっと、しほよりも梓を選んだわけじゃなくて……今週末に秋葉原に行こうと思っているんだよ。しほにはその時に、何か甘いスイーツでも食べさせてあげようかな——って」

別に、梓を優先しているわけでも、しほを選ばなかったわけでもない。

ただ、違う機会をちゃんと用意してくれていたみたいだ。

「幼なじみとか、妹とか、そういうのはあんまり関係ないよ」

何気ない表情で、彼は一番嬉しいことを言ってくれる。

関係性も、過ごした時間も、出会った順番も、そんなもの全てどうでもいい――と。

「しほのことを、俺が大切に思っていないわけがないんだから」

その一言で、しほはたちまちに元気を取り戻した。

（やっぱり幸太郎くんってわたしのこと、大好きなんだ）

改めてそれを知って、とても胸が温かくなったのである。

「じゃ、じゃあ、許してあげるわ……まったく、幸太郎くんは本当に素敵なんだから。おかげでドキドキしちゃったわ」

「ありがとう。大好きだよ……って言ったら、もっとドキドキする？」

「い、いじわるっ」

もう、心臓が口から飛び出そうだった。

それくらい、幸太郎のことを愛しく思ったのである。

「……うぇー。甘すぎて砂糖を吐いちゃいそう。梓の前でよくそんな恥ずかしいことをできるよね」

一方、真っ赤になって見つめ合う二人を見ながら、梓はしかめっ面をしていた。

「だ、ダメよあずにゃん！　あなたにはまだ早いわっ」

「そうだぞ……こういう時は目をそらさないと。まだ梓には早い」

「同い年なのに!?　しかもイチャイチャしているだけなのに、何も過激じゃないよっ。二人とも、梓のことを何歳だと思ってるの？」

「……十歳くらいかしら」

「いやいや、十二歳だったよな？」

「十五歳だよ!?　もうっ……おにーちゃんまでからかわないで！」

今度は違う意味で顔を真っ赤にした梓が、片手で兄の肩をポカポカと叩く。それを幸太郎は笑いながらなだめていた。

そんな二人を見ながら、しほは柔らかく微笑んだ。

（いつか、二人みたいに……友達以上の関係になれたらいいのに）

まだまだ、今はお友達でしかないけれど。

いつか、恋人……いや、もっと先の関係になれたらいいなと、しほは願った。

（わたしも、あなたの『家族』になりたいわ）

梓と幸太郎みたいに、目に見えるような絆で結ばれたい。

そう願いながら、彼女は高鳴る胸をギュッと押さえるのだった——。

❄ 余談　とあるクリエイター（道化）の負け惜しみ

やぁみんな、メアリーさんの登場だ。
今更どんな顔で登場してんだよ――なんて、そんな酷いこと言わないでくれよ。
もう十分痛い目を見ただろう？　あれくらいで勘弁してくれ。
さて、ワタシの物語なんだけど……た、楽しんでもらえたかな？
哀れな勘違いヒロインの末路、せめて笑ってくれていることを願っているよ。
これにてワタシの物語は幕を閉じたわけだけれど。
とはいえ、このまま何もせずに引き下がるのは面白くない。
だからせめて、イヤがらせでもしておこうかな――って。
そういうわけなので、とりあえずしほの父親が働いている会社を潰すことにした。
「……あ、もしもし？　パパ、ちょっとお願いがあるんだけど」
文化祭が終わって、すっかり彼女たちが日常パートを楽しんでいるころ。
ショックのあまり引きこもっていたワタシだけど、怒りを原動力にもう一度立ち上がって、復讐を試みた。

パパに頼めばそのあたりの会社を潰すことなんて、容易いと思っていたけれど。

「え？　今、忙しい？　経営が傾いているって……いきなり？　いや、そういうことなら、うん。分かった、また改めて電話をかけるね」

……どうやら、パパが経営している会社が潰れそうになっているみたいだった。

え？　なんで？

あんなに盤石な経営体制を誇っていたのに？

金なんて腐るほどあったはずだけれど……何やら色々な偶然が重なって、ものすごくおかしなことになっているみたいだった。

すぐに使用人から話を聞き出したところ、どうやら日本での事業に失敗したことをきっかけに、多方面で悪影響が出てきているらしい。

日本といえば、あの女性が原因か……ナカヤマだっけ？　あの人、信用ならないとは思っていたけれど、案の定パパの足をすくったみたいだ。

情のない冷徹な人だったから、他者を騙すことなんて造作もないんだろうね。

「さすがは、コウタロウをモブキャラにした張本人だね」

……いや、でも、別に彼女が全ての原因ってわけではないか。

きっかけではあるかもしれないけれど、父の会社は個人の力で潰れるほど小さくない。

何か、神の力が作用した——とか。それくらいにありえない出来事だったのだ。

……あ、分かった。

たぶんだけど、パパの会社がつぶれかけている原因は、たぶんワタシのせいだ。

いや、厳密に言うと、シホのせいである。

彼女は言った。

『わたしの大切な人に手を出したら……あなたを絶対に許さないわ』

だから、彼女の言葉通り——手を出すことを物語が許していないのだ。

そうに決まっている。そうじゃないと説明がつかない。

もし何かしようとしたら、いわゆるご都合主義の力が働いて、こちらが潰される。今もワタシが何かをしようとしたからこうやって最悪の状況に陥っているのかもしれない。

もし、これ以上不幸になりたくなかったら。

「何も、できないってことなのかな……？」

つまりはこういうことになるだろう。

メインヒロインの力は、やっぱり絶大だった。

あーあ、イヤがらせもできないなんて……これじゃあ、気分を晴らすことなんてできそうになかった。もうしばらく、大人しくしておけということかな？

コウタロウ、シホ……この怨みは絶対に忘れない。

覚えてろよ！

……こんな感じで、道化らしい滑稽な負け惜しみを最後に、物語を締めるとしようか。

それでは、読んでくれてありがとう。

ワタシは楽しくなかったけど、せめてキミたちが楽しんでくれていたことを、願っているよ――。

あとがき

もしかしたら、僕の執筆人生の中で一番の作品を書けたかもしれません。たぶん、本作以上の物語はもう書けない……そう思わせてくれるような、手ごたえのある作品になりました！　どうか、皆様に楽しんでいただけることを願っております。

担当編集様。一巻に引き続き色々とありがとうございます。僕のめんどくさい意見もちゃんと聞いていただけて、嬉しかったです。これからもよろしくお願いします！

イラストのＲｏｈａ様。相変わらずクオリティの高いイラストばかりで、いつも驚かされます。僕のイメージ以上にキャラクターをかわいくしてくれてありがとうございます！

マイクロマガジン社様。営業や様々な広告など、本当にありがとうございます。僕の地元のお店に色紙を飾らせていただけたときは、感動して泣きそうになりました！

そして最後に、本作品を手に取ってくれた読者様！

ＳＮＳでコメントしてくださる皆様。二巻も読んでくれて、すごく嬉しいです！

本当にありがとうございました。これからもよろしくお願いします!!

ファンレター、作品のご感想をお待ちしています！

【宛先】
〒104-0041
東京都中央区新富 1-3-7　ヨドコウビル
株式会社マイクロマガジン社
GCN文庫編集部

八神鏡先生 係
Roha先生 係

【アンケートのお願い】

右の二次元バーコードまたは
URL（https://micromagazine.co.jp/me/）を
ご利用の上、本書に関するアンケートにご協力ください。
■スマートフォンにも対応しています（一部対応していない機種もあります）。
■サイトへのアクセス、登録・メール送信の際の通信費はご負担ください。

本書はWEBに掲載されていた物語を加筆修正し、改題のうえ書籍化したものです。

GCN文庫

霜月さんはモブが好き②

2022年2月27日　初版発行

著者　八神鏡

イラスト　Roha

発行人　子安喜美子

装丁　山﨑健太郎(NO DESIGN)
DTP／校閲　鷗来堂

印刷所　株式会社エデュプレス

発行　株式会社マイクロマガジン社
〒104-0041　東京都中央区新富1-3-7　ヨドコウビル
[販売部] TEL 03-3206-1641／FAX 03-3551-1208
[編集部] TEL 03-3551-9563／FAX 03-3297-0180
https://micromagazine.co.jp/

ISBN978-4-86716-249-1 C0193